Una pizca de muerte

Charlaine Harris (Misisipi, Estados Unidos, 1951), licenciada en Filología Inglesa, se especializó como novelista en historias de fantasía y misterio. Con la serie de novelas *Real Murders*, nominada a los premios Agatha en 1990, se ganó el reconocimiento del público. Pero su gran éxito le llegó con *Muerto hasta el anochecer* (2001), primera novela de la saga vampírica *Sookie Stackhouse*, ambientada en el sur de Estados Unidos. La traducción de las ocho novelas de la saga a otros idiomas y su adaptación a la serie de televisión *TrueBlood (Sangre fresca)* han convertido las obras de Charlaine Harris en best-sellers internacionales.

www.hbo.com/trueblood
www.sangrefresca.es
www.charlaineharris.com

Una pizca de muerte

CHARLAINE HARRIS

Traducción de Omar El Kashef

punto de lectura

Título original: *A Ttouch of Dead*
© 2009, Charlaine Harris, Inc.
Fairy Dust © 2004, Charlaine Harris.
Dracula Night © 2007, Charlaine Harris.
One Word Answer © 2005, Charlaine Harris, Inc.
Lucky © 2008, Charlaine Harris, Inc.
Gift Wrap © 2008, Charlaine Harris, Inc.
© Traducción: 2010, Omar El Kashef
© De esta edición:
2012, Santillana Ediciones Generales, S.L.
Torrelaguna, 60. 28043 Madrid (España)
Teléfono 91 744 90 60
www.puntodelectura.com

ISBN: 978-84-663-2534 -9
Depósito legal: B-41.530-2011
Impreso en España – Printed in Spain

Diseño de cubierta: María Pérez-Aguilera
Fotografía de cubierta: Xavier Torres-Bacchetta

Primera edición: enero 2012

Impreso por **blackprint**
A CPI COMPANY

A todos los lectores que siempre quieren una gota más de Sookie.

Índice

Introducción

La primera vez que me pidieron que escribiese un relato corto sobre mi heroína, Sookie Stackhouse, no estaba segura de poder hacerlo. La historia y la vida de Sookie son tan complejas que no sabía si podría crear una corta pieza de ficción que le hiciera justicia.

Aún no las tengo todas conmigo, pero he disfrutado con el intento. Algunos esfuerzos han llegado a mejor puerto que otros. No ha sido fácil encajar los relatos en la línea argumental más amplia sin dejar cabos sueltos. Unas veces lo conseguía, pero otras no. En esta edición, he tratado de afinar la historia que más disfruté escribiendo, pero se negaba a encajar en su hueco cronológico por mucho que le aporrease («La Noche de Drácula»).

El orden de sucesión dentro de la vida de Sookie es: «Polvo de hada» (de *Powers of Detection*), «La Noche de Drácula» (de *Many Bloody Returns*), «Respuestas monosilábicas» (de *Bite*), «Afortunadas» (de *Unusual Suspects*) y «Papel de regalo» (de *Wolfsbane and Mistletoe*).

«Polvo de hada» va acerca del trío de hadas, Claude, Claudine y Claudette. Tras el asesinato de Claudette, Claude y Claudine buscan la ayuda de Sookie para atrapar al culpable. Claude adquiere un papel importante en esta historia. Los hechos narrados en «Polvo de hada» tienen lugar tras lo ocurrido en *Muerto para el mundo*.

En «La Noche de Drácula», Eric invita a Sookie a Fangtasia para celebrar el cumpleaños de Drácula, un evento anual que emociona sobremanera al vampiro, ya que Drácula es su héroe. Sin embargo, no está claro si el Drácula que se desvela es el auténtico. Este relato tiene lugar antes de lo ocurrido en *Más muerto que nunca*.

Tras *Más muerto que nunca*, la noticia de la muerte de su prima Hadley le llega a Sookie en «Respuestas monosilábicas». Sookie se entera de su fallecimiento a través del abogado semidemonio, señor Cataliades, que va acompañado de un abominable conductor y una inesperada pasajera en la limusina.

«Afortunadas» es un cuento alegre que tiene lugar en Bon Temps durante los hechos narrados en *Todos juntos y muertos*. Amelia Broadway y Sookie se embarcan en una cacería para descubrir quién está saboteando a los agentes de seguros de la ciudad.

En Nochebuena, Sookie recibe a un visitante de lo más insospechado en «Papel de regalo». Está sola y autocompadeciéndose cuando un licántropo herido le hace un regalo muy satisfactorio. Me alegra que tenga unas vacaciones tan interesantes antes de los funestos acontecimientos que se producirán en *Muerto y enterrado*.

Me lo pasé muy bien escribiendo todos estos relatos. Algunos son muy alegres y otros más serios, pero todos lanzan un pequeño destello que se corresponde con alguna faceta de la vida de Sookie y algún momento que no he podido materializar en las novelas. Espero que disfrutéis leyéndolos tanto como yo lo hice al escribirlos.

Que sigan rodando los buenos tiempos.

CHARLAINE HARRIS

POLVO DE HADA

Odio cuando las hadas vienen al bar. Sus propinas son de risa; no porque sean rácanas, sino porque sencillamente se les olvida. Tomemos por ejemplo a Claudine, el hada que estaba entrando por la puerta. Medía más de uno ochenta, melena negra, imponente; no parecía faltarle el dinero o la ropa (y embelesaba a los hombres como una sandía atrae a las moscas). Pero casi nunca se acordaba de dejarme siquiera un dólar. Y, encima, si es la hora del almuerzo, tienes que quitar enseguida de la mesa el cuenco con las rodajas de limón. Las hadas son alérgicas a los limones y las limas, igual que los vampiros a la plata y al ajo.

Esa noche de primavera, cuando Claudine entró en el bar, yo ya estaba de mal humor. Estaba enfadada con mi ex novio, Bill Compton, también conocido como Bill el vampiro; mi hermano Jason había vuelto a posponer la mano que me iba a echar para mover un armario y me acababa de llegar al correo el aviso del pago del impuesto inmobiliario.

Así que, cuando Claudine se sentó en una de mis mesas, me acerqué a ella con un espíritu poco saltarín.

—¿No hay vampiros hoy? —preguntó a bocajarro—. ¿Ni siquiera Bill?

A los vampiros les gustan las hadas como los huesos a los perros: les parecen buenos juguetes y aún mejor comida.

—Esta noche no —respondí—. Bill está en Nueva Orleans. Le estoy recogiendo el correo. —Sí, soy imbécil.

Claudine se relajó.

—Mi queridísima Sookie —dijo.

—Al grano, ¿qué quieres?

—Oh, una de esas asquerosas cervezas, supongo —pidió, poniendo una mueca. En realidad no le gustaba beber, aunque sí le atraían los bares. Como la mayoría de las hadas, le encantaba ser el centro de todas las atenciones y admiraciones ajenas. Sam, mi jefe, me había dicho que era una de las características de estos seres.

Le llevé la cerveza.

—¿Tienes un momento? —preguntó.

Fruncí el ceño. Claudine no parecía tan alegre como de costumbre.

—Apenas. —A los de la mesa junto a la puerta sólo les faltaba lanzar bengalas para llamar mi atención.

—Tengo un trabajo para ti.

Aunque eso implicase tratar con Claudine, quien me caía bien muy bien pero de quien no me fiaba un pelo, el trabajo me interesaba. Necesitaba el dinero, vaya.

—¿De qué se trata?

—Necesito que escuches a algunos humanos.

—¿Están ellos conformes con que lo haga?

Claudine puso ojitos inocentes.

—¿Qué quieres decir, preciosa?

Ése era el estribillo y la melodía que más odiaba yo.

—Que si están dispuestos a que yo les escuche.

—Son huéspedes de mi hermano Claude.

No sabía que Claudine tuviese un hermano. No sé mucho de las hadas; Claudine era la única a la que conocía. Si ella era el exponente del hada media, no imaginaba cómo no se había extinguido su raza. Jamás habría pensado que el norte de Luisiana fuese un lugar muy acogedor para los de su naturaleza. Esta parte del Estado es eminentemente rural, muy apegada a la Biblia. Mi pequeña ciudad, Bon Temps, apenas lo suficientemente grande como para contar con su propio Wal-Mart, tardó dos años en conocer a su primer vampiro, a partir de que éstos anunciaran públicamente su existencia e intención de vivir pacíficamente entre nosotros. Puede que ese lapso fuese algo bueno, ya que dio tiempo a la gente de por aquí a acostumbrarse a la idea antes de que apareciera Bill Compton.

Pero estaba convencida de que esta tolerancia a los vampiros tan políticamente correcta desaparecería si mis conciudadanos supieran de la existencia de los licántropos y demás cambiantes, además de las hadas. Y a saber qué más.

—Vale, Claudine. ¿Cuándo?

Los de la mesa ya empezaban a aullar.

—¡Sookie está loca! ¡Sookie está loca! —La gente sólo se arrancaba con cosas así cuando había bebido demasiado. Yo me había acostumbrado, pero no por ello dolía menos.

—¿A qué hora terminas esta noche?

Quedamos en que Claudine me recogería en casa quince minutos después de salir del trabajo. Se marchó sin apurar su cerveza. Tampoco dejó propina.

Mi jefe, Sam Merlotte, hizo un gesto con la cabeza hacia la puerta en cuanto salió.

—¿Qué quería el hada? —Sam es un cambiante.

—Necesita que le haga un trabajo.

—¿Dónde?

—Dondequiera que viva, supongo. Tiene un hermano. ¿Lo sabías?

—¿Quieres que te acompañe? —Sam es un verdadero amigo. De esos con los que puedes llegar a tener fantasías de vez en cuando.

Sólo para mayores de edad.

—Gracias, pero creo que puedo arreglármelas.

—No conoces al hermano.

—Estaré bien.

Estoy acostumbrada a no dormir mucho por la noche; no sólo debido a mi profesión de camarera, sino porque, además, estuve saliendo mucho tiempo con Bill. Cuando Claudine me recogió en mi vieja casa del bosque,

20

me había dado tiempo a cambiar el uniforme del Merlotte's por unos vaqueros negros y un conjunto de pulóver y cárdigan de un verde muy vivo (unas rebajas de JCPenney), ya que la noche empezaba a refrescar. También me solté el pelo de la habitual coleta.

—Deberías ponerte algo azul en vez de verde —dijo Claudine—. Pega más con tus ojos.

—Gracias por el consejo.

—De nada. —Claudine parecía contenta de compartir su sentido de la estética conmigo. Pero su sonrisa, normalmente tan radiante, parecía teñida de tristeza.

—¿Qué quieres que averigüe de esas personas? —pregunté.

—Hablaremos de ello cuando lleguemos —contestó, tras lo cual no abrió la boca mientras conducía hacia el este. Normalmente, Claudine no para de charlar. Empecé a pensar que aceptar ese trabajo no había sido una buena idea.

Claudine y su hermano vivían en una casa grande, estilo rancho, a las afueras de Monroe, una ciudad que no sólo contaba con su Wal-Mart, sino también con todo un centro comercial. Llamó con la mano a la puerta delantera siguiendo un código. Tras un instante, la puerta se abrió. Abrí los ojos como platos. Claudine no me dijo que su hermano y ella fueran gemelos.

Si Claude se hubiese puesto la ropa de su hermana, habría pasado por ella sin el menor problema; era escalofriante. Tenía el pelo más corto, pero tampoco demasiado; lo tenía peinado hacia atrás, hasta el cogote, pero le tapaba las orejas. Sus hombros eran más anchos, pero no vi ni rastro de vello facial, ni siquiera a esas horas ya de la noche. ¿Sería posible que las hadas no tuvieran vello corporal? Parecía un modelo de ropa interior de Calvin Klein; de hecho, si el diseñador hubiese estado allí, habría fichado a los gemelos sin pensárselo, y el contrato habría acabado lleno de sus babas.

Claude retrocedió un paso para dejarnos entrar.

—¿Es ella? —le preguntó a Claudine.

Asintió.

—Sookie, te presento a mi hermano Claude.

—Un placer —contesté, tendiendo la mano. No sin algo de sorpresa, la cogió y la estrechó. Miró a su hermana—. Es muy confiada.

—Humanos —dijo Claudine, encogiéndose de hombros.

Claude me condujo a través de un salón de lo más convencional, atravesando un pasillo revestido hasta el cuarto familiar. Había un hombre sentado en una silla. Al parecer, no tenía más opción. Era pequeño, rubicundo y de ojos marrones. Aparentaba mi edad, unos veintiséis años.

—Eh —exclamé, procurando que no me saliese un gallo—, ¿por qué está atado?

—Porque, de lo contrario, se escaparía —respondió Claude, sorprendido.

Me tapé la cara con las manos durante un momento.

—Mirad, no tengo inconveniente en escuchar a este tipo si ha hecho algo malo o si queréis descartarlo como sospechoso de un crimen contra vosotros, pero si lo que queréis es saber si de verdad os ama o alguna estupidez del estilo… ¿Qué queréis exactamente?

—Creemos que mató a nuestra trilliza, Claudette.

«¿Erais tres?», estuve a punto de preguntar, pero me di cuenta de que no era la parte más importante de la frase.

—Creéis que ha asesinado a vuestra hermana.

Claude y Claudine asintieron a la vez.

—Esta noche —completó Claude.

—Muy bien —murmuré, y me incliné sobre el sujeto—. Le voy a quitar la mordaza.

No parecían muy contentos al respecto, pero le quité el pañuelo de la boca y se lo dejé por el cuello.

—Yo no lo hice —dijo el joven.

—Bien. ¿Sabes lo que soy?

—No, pero no eres como ellos, ¿verdad?

No sabía qué pensaba que eran Claude y Claudine o qué atributo ultramundano habían exhibido ante él. Me aparté el pelo para que viese que mis orejas eran redondeadas, no puntiagudas, pero no acabó de tranquilizarlo.

—¿No eres vampira? —preguntó.

Le enseñé los dientes. Los caninos sólo se extienden cuando los vampiros se excitan con la sangre, el combate o el sexo, pero ya son visiblemente más afilados aun estando retraídos. Los míos eran bastante normales.

—Soy una humana normal y corriente —dije—. Bueno, no del todo. Puedo leer los pensamientos.

Eso pareció infundirle cierto terror.

—¿De qué tienes miedo? Si no mataste a nadie, no tienes nada que temer —le tranquilicé con voz conciliadora, cálida como la mantequilla que se funde sobre una mazorca.

—¿Qué harán conmigo? ¿Qué pasa si te equivocas y les cuentas que lo hice? ¿Qué me van a hacer?

Buena pregunta. Miré a los gemelos.

—Lo mataremos y nos lo comeremos —contestó Claudine con una sonrisa de deleite. Cuando el rubio dejó de mirarla a ella para fijar su atención en Claude con ojos aterrorizados, Claudine me guiñó un ojo.

Por lo que yo sabía, podía estar hablando perfectamente en serio. No recordaba si la había llegado a ver comiendo o no. Pisábamos un terreno peligroso. Trato de favorecer a los de mi propia raza cuando puedo. O al menos trato de sacarlos de las situaciones comprometidas con vida.

Debí haber aceptado la oferta de Sam.

—¿Este hombre es el único sospechoso? —pregunté a los gemelos. ¿Hacía bien en considerarlos así? Sería más preciso pensar en ellos como dos tercios de trillizos. Bah, demasiado complicado.

—No, tenemos a otro en la cocina —respondió Claude.

—Y a una mujer en la despensa.

En otras circunstancias, habría sonreído.

—¿Cómo estáis tan seguros de que Claudette ha muerto?

—Acudió a nosotros en su forma espiritual y nos lo contó ella. —Claude parecía sorprendido—. Es un ritual de muerte en nuestra raza.

Me balanceé sobre los talones, intentando imaginar más preguntas inteligentes.

—Cuando esto ocurre, ¿el espíritu indica alguna de las circunstancias de su muerte?

—No —contestó Claudine, agitando la cabeza, y con ella la melena negra—. Es más bien una especie de despedida final.

—¿Habéis encontrado el cuerpo?

Parecían asqueados.

—Nos desvanecemos —explicó Claude con arrogancia.

Adiós a la autopsia.

—¿Sabríais decirme dónde estaba Claudette cuando, eh…, se desvaneció? —pregunté—. Cuanto más sepa, mejores podrán ser mis preguntas. —La lectura de la mente no es tarea fácil. Hacer las preguntas adecuadas es la clave para desentrañar el pensamiento acertado. La boca puede decir cualquier cosa. La mente nunca miente. Pero, si no haces la pregunta adecuada, el pensamiento correspondiente se queda enterrado.

—Claudette y Claude trabajan como bailarines exóticos en el Hooligan's —explicó Claudine, orgullosa, como si anunciase su pertenencia al equipo olímpico.

Nunca había conocido a ningún *stripper,* hombre o mujer. Me descubrí algo más que interesada en conocer esa faceta de Claude, pero me esforcé para centrarme en la fallecida Claudette.

—Bueno, ¿trabajó Claudette anoche?

—Tenía previsto coger la paga en la puerta. Tocaba noche para mujeres en el Hooligan's.

—Oh, vale. Entonces tú tenías, eh…, función —le dije a Claude.

—Sí. Hacemos dos espectáculos para mujeres en noches así. Yo era el pirata.

Procuré suprimir esa imagen mental.

—¿Y este hombre? —pregunté, indicando con la cabeza al rubio, que se había portado muy bien, sin lloriquear ni suplicar.

—Yo también soy *stripper* —respondió—. Yo era el poli.

Vale. Mete todo eso en la caja de la imaginación y siéntate encima.

—¿Y te llamas…?

—Barry el Barbero es mi nombre artístico. El auténtico es Ben Simpson.

—¿Barry el Barbero? —Estaba perpleja.

—Me gusta afeitar a la gente.

Por un instante me quedé en blanco, y luego sentí que el sonrojo se abría paso por mi cara al darme cuenta de que no se refería precisamente a afeitar mejillas.

—¿Y quiénes son los otros dos? —pregunté a los gemelos.

—La mujer de la despensa es Rita Child. Es la dueña del Hooligan's —explicó Claudine—. El de la cocina se llama Jeff Puckett. Es uno de los porteros.

—¿Y por qué escoger a estos tres de todos los empleados del Hooligan's?

—Porque discutieron con Claudette. Era una mujer dinámica —explicó Claude con seriedad.

—Dinámica, y una mierda —dijo Barry el Barbero, demostrando que el tacto no es un requisito necesario para su trabajo—. Esa mujer era el infierno sobre ruedas.

—Su carácter no es importante para determinar quién la mató —indiqué, lo que le dejó sin palabras—. Sólo apunta al porqué. Sigue, por favor —le pedí a Claude—. ¿Dónde estabais los tres? ¿Y dónde estaba la gente que tenéis cautiva?

—Claudine estaba aquí, haciéndonos la cena. Trabaja en el departamento de atención al cliente de Dillard's. —Se le daba de maravilla; su implacable alegría conseguía apaciguar al más pintado—. Como dije, Claudette tenía previsto recoger la paga en la puerta —prosiguió Claude—. Barry y yo estábamos en los espectáculos. Rita siempre mete la recaudación del primero en la caja fuerte, para que Claudette no tenga que estar por allí con tanto dinero a mano. Nos han robado un par de veces. Jeff estaba sentado justo detrás de ella, en la pequeña cabina que hay dentro del acceso principal.

—¿Cuándo se desvaneció Claudette?

—Poco después del inicio del segundo espectáculo. Rita dice que Claudette le llevó la recaudación del primero y que la metió en la caja, y que ella seguía allí sentada cuando se marchó. Rita la odiaba porque Claudette estaba a punto de dejar el Hooligan's por el Foxes, y yo me iba con ella.

—¿El Foxes es otro club? —Claude asintió—. ¿Y por qué os queríais ir?

—Mejor paga y camerinos más grandes.

—Vale, ésa podría ser la motivación de Rita. ¿Qué hay de la de Jeff?

—Jeff y yo tuvimos un rollo —explicó Claude (mi barco pirata de fantasía se hundió rápidamente)—. Claudette me dijo que sería mejor que rompiese con él.

—¿E hiciste caso de su consejo sobre tu vida amorosa?

—Ella era la mayor, por varios minutos —respondió sin más—. Pero yo… Jeff me gusta mucho.

—¿Y qué hay de ti, Barry?

—Ella arruinó mi espectáculo —contestó Barry malhumoradamente.

—¿Cómo?

—Gritó: «¡Qué pena que tu varita no sea más grande!», justo cuando estaba terminando.

Al parecer, Claudette hizo todo lo que estaba en su mano para que la mataran.

—Vale —dije, esbozando un plan de acción. Me arrodillé delante de Barry. Posé la mano sobre su brazo y dio un respingo—. ¿Qué edad tienes?

—Veinticinco —dijo, pero su mente me dio otra respuesta.

—Mientes, ¿verdad? —pregunté, manteniendo un tono conciliador.

Tenía un moreno estupendo, casi tan bueno como el mío, pero comprobé que palideció.

—Sí —admitió con voz ahogada—. Tengo treinta.

—No tenía ni idea —dijo Claude, y Claudine le mandó callarse.

—¿Y por qué no te gustaba Claudette?

—Me insultó delante del público —aclaró—. Ya te lo he dicho.

La imagen de su mente era muy diferente.

—¿Y en privado? ¿Te dijo algo en privado? —A fin de cuentas, leer una mente no es como ver la televisión. La gente no suele ordenar las cosas en su cabeza del mismo modo que lo haría si le contase una historia a alguien.

Barry parecía avergonzado, y cada vez más enfadado.

—Sí, en privado. Llevábamos tiempo acostándonos, y un día, de repente, dejó de estar interesada.

—¿Te explicó por qué?

—Me dijo que yo era... inadecuado.

Ésa no fue la frase que ella empleó. Me sentí azorada por él cuando escuché las auténticas palabras en su mente.

—¿Qué has hecho entre los dos espectáculos de esta noche, Barry?

—Teníamos una hora, así que pude con dos afeitados.

—¿Te pagan por eso?

—Oh, ya lo creo —sonrió, pero no como si tuviese gracia—. ¿Crees que afeitaría las entrepiernas de los desconocidos si no me pagasen? Pero hago todo un ritual de ello, eso sí; hago como que me excita. Me saco cien pavos por trabajito.

—¿Cuándo viste a Claudette?

—Cuando salí al encuentro de mi primera cita, justo al finalizar el primer espectáculo. Ella y su novio estaban junto a la cabina. Había quedado con ellos allí.

—¿Hablaste con Claudette?

—No, sólo la miré. —Parecía triste—. Vi a Rita, iba de camino a la cabina con la saca de dinero, y también vi a Jeff. Estaba sentado en su taburete, dentro de la cabina, donde suele estar siempre.

—¿Y luego volviste a afeitar?

Asintió.

—¿Cuánto tiempo suele llevar?

—Media hora, cuarenta minutos. Programar dos era un poco arriesgado, pero salió bien. Lo hago en el camerino; los compañeros se portan bien y no entran.

Empezaba a relajarse. Sus pensamientos, más tranquilos, fluían mejor. La primera persona con la que se había visto esa noche era una mujer tan delgada que se preguntó si moriría mientras le afeitaba las partes. Ella estaba convencida de que era preciosa, y estaba claro que disfrutaba enseñándole su cuerpo. Su novio se había quedado fuera.

Oía a Claudine bufando de fondo, pero mantuve los ojos cerrados y las manos sobre las de Barry, viendo al segundo cliente, un tío. Y entonces le vi la cara. Madre mía, era alguien a quien yo conocía, un vampiro llamado Maxwell Lee.

—Había un vampiro en el bar —avisé en voz alta, sin abrir los ojos—. Barry, ¿qué hizo cuando terminaste de afeitarlo?

—Se fue —dijo Barry—. Vi cómo se iba por la puerta de atrás. Siempre me aseguro de que mis clientes no se acerquen a la zona entre bastidores. Es la única condición para que Rita me deje desarrollar mi negocio en el club.

Por supuesto, Barry no sabía nada del problema que tienen las hadas con los vampiros. Algunos de ellos tienen menos autocontrol que otros cuando se trataba de hadas. Éstas eran fuertes, más que la gente normal, pero los vampiros lo son más que cualquier otra cosa en el mundo.

—¿Y no volviste a la cabina a hablar con Claudette otra vez?

—No volví a verla.

—Dice la verdad —le indiqué a la pareja de hermanos—. Al menos hasta donde él sabe. —Siempre había otras preguntas que podía formularle, pero, en la primera «audición», Barry no sabía nada de la desaparición de Claudette.

Claude me llevó a la despensa, donde nos esperaba Rita Child. La estancia, para ser despensa, era muy grande, accesible, muy limpia, pero no estaba pensada para dar cabida a dos personas, una de ellas atada con esparadrapo a una silla con ruedas. Rita Child era también una mujer de buen ver. Tenía exactamente el aspecto que esperaba que tuviese la dueña de un club de *striptease:* una morena teñida con un desafiante vestido bajo el cual había lencería de alta tecnología que la moldeaba en una constante silueta provocativa.

Desprendía rabia por los cuatro costados. Me lanzó una patada que me habría sacado un ojo con el tacón si no hubiese reaccionado a tiempo mientras me estaba arrodillando frente a ella. Caí sobre mi trasero en una postura poco agraciada.

—De eso nada, Rita —indicó Claude tranquilamente—. Aquí no eres la jefa. Éste es nuestro territorio. —Me ayudó a levantarme y me sacudió el trasero de polvo de un modo muy impersonal.

—Sólo queremos saber lo que le ha pasado a nuestra hermana —terció Claudine.

Rita emitió unos sonidos tras la mordaza, sonidos que no parecían nada conciliatorios. Me dio la impresión de que le importaba un pimiento la motivación de los gemelos para secuestrarla y amordazarla en una despensa. Lo habían hecho usando cinta aislante directamente, en vez de un pañuelo, y reconozco que, después del incidente de la patada, casi disfruté arrancándole la cinta de la boca.

Rita se acordó de mis muertos y aludió a mi calidad moral con algunas palabras que no reproduciré.

—Supongo que debería mencionarte eso de «Le dijo la sartén al cazo» —repliqué cuando ella hizo una pausa para respirar—. ¡Ahora escúchame tú! Vas a dejar ese discurso y vas a responder a mis preguntas. No pareces tener ni idea de la situación en la que estás metida.

La dueña del club se calmó un poco después de aquello. Aún intentaba fulminarme con sus ojos castaños entrecerrados mientras tiraba de las cuerdas que la mantenían cautiva, pero parecía comprender lo que le había dicho.

—Voy a tocarte —le advertí. Temía que pudiese morderme si le tocaba el hombro descubierto, así que me decidí por el antebrazo, justo encima de donde tenía las muñecas atadas a los brazos de la silla.

Su mente era un torbellino de furia. No pensaba con claridad debido a la rabia, y toda su energía mental iba dirigida a destrozar a los gemelos, a los que me acababa de sumar yo. Sospechaba que era alguna especie de asesina sobrenatural, así que decidí que no estaría mal que siguiese temiéndome durante un rato más.

—¿Cuándo viste a Claudette esta noche? —pregunté.

—Cuando fui a recoger el dinero del primer espectáculo —gruñó, y estoy segura de que vi cómo intentaba estirar la mano, una mano pálida y alargada, con una bolsa de vinilo y cremallera—. Estaba en mi despacho trabajando durante el primer espectáculo. Pero recojo el dinero entre medias, así que, si nos quedamos colgados, no perdemos tanto.

—¿Ella te dio la bolsa del dinero y te fuiste?

—Sí. Fui a meter el dinero en la caja hasta que finalizara el segundo espectáculo. No volví a verla.

Aquello me pareció sincero. No pude ver otra visión de Claudette en la mente de Rita. Lo que sí vi fue mucha satisfacción por su muerte, así como una sombría determinación para mantener a Claude en su club.

—¿Sigues pensando en irte a Foxes, ahora que Claudette no está? —le pregunté a él, esperando que la respuesta desencadenase algo en la mente de Rita.

Claude me miró, sorprendido y disgustado.

—Aún no he tenido tiempo de pensar lo que pasará mañana —espetó—. Acabo de perder a mi hermana.

La mente de Rita dio una especie de salto de alegría. Se temía lo peor de Claude. Desde un punto de vista más práctico, Claude era todo un fichaje para el Hooligan's, ya que, incluso en las noches que libraba, podía hacer que la gente gastase mucho dinero con su magia. Claudette no se había mostrado tan dispuesta a usar su magia en provecho de Rita, pero Claude no se lo había pensado dos veces. El uso de sus habilidades feéricas inherentes para atraer a la gente nutría su ego, lo que por cierto no tenía nada que ver con la economía.

Percibí todo aquello de la mente de Rita en un instante.

—Vale —dije, levantándome—. He terminado con ella.

Se puso contenta.

Salimos de la despensa y fuimos a la cocina, donde nos aguardaba el último candidato a asesino. Lo habían metido debajo de la mesa. Tenía delante un vaso con una pajita para poder beber. Haber sido amante de Claude le había venido bien a Jeff Puckett. No estaba amordazado.

Paseé la mirada entre Jeff y Claude, tratando de sonsacar algo. Jeff tenía un bigote marrón claro que necesitaba un recorte y barba de dos días en el resto de la cara. Sus ojos eran estrechos y de color avellana. Hasta donde pude observar, Jeff parecía en mejor forma que algunos de los porteros que conozco; era incluso más alto que Claude. Pero no me impresionaba. Pensé, puede que por millonésima vez, que el amor es una cosa muy extraña.

Claude se rodeó ostensiblemente con sus propios brazos al ver a su ex amante.

—Estoy aquí para averiguar lo que sabes acerca de la muerte de Claudette —le anuncié, ya que estaba al otro lado cuando interrogamos a Rita—. Soy telépata, y te voy a tocar mientras te hago unas preguntas.

Jeff asintió. Estaba muy tenso. Fijó la mirada en Claude. Me puse tras él, ya que lo habían sacado de debajo de la mesa, y posé las manos en sus anchos hombros. Aparté la camiseta a un lado, lo justo, para que mi pulgar estuviera en contacto directo con su cuello.

—Jeff, dime lo que has visto esta noche —planteé.

—Claudette vino a recoger el dinero del primer espectáculo —contestó. Su voz era más aguda de lo que esperaba, y no era de los alrededores. Florida, pensé—.

No la soportaba porque me hacía la vida imposible; a mí no me gustaba estar cerca de ella. Pero eso fue lo que Rita me pidió que hiciera, así que la obedecí. Me quedé sentado en el taburete y vi cómo cogía el dinero y lo metía en la bolsa. Dejó algo en el cajón para tener cambio.

—¿Tuvo problemas con alguno de los clientes?

—No. Tocaba noche de mujeres, y las mujeres no suelen darlos. Sí es verdad que se agitaron un poco en el segundo espectáculo. Tuve que sacar a una chica del escenario que se entusiasmó demasiado con nuestro albañil, pero, por lo general, estuve en el taburete, mirando.

—¿Cuándo desapareció Claudette?

—Cuando volví de llevar a esa chica a su mesa, Claudette ya no estaba. La busqué, fui a preguntar a Rita si le había oído que fuera a tomarse un descanso. Incluso registré el servicio de mujeres. Hasta que no volví a la cabina no vi ese polvo brillante.

—¿Qué polvo brillante?

—Lo que dejamos cuando nos desvanecemos —murmuró Claude—. Polvo de hada.

¿Lo barrerían y se lo quedarían? Seguro que no era buena idea preguntarlo.

—Lo siguiente que sé es que terminó el segundo espectáculo y el club iba a cerrar mientras yo buscaba entre bastidores y en todas partes algún rastro de Claudette. Luego, me vi aquí, con Claude y Claudine.

No parecía enfadado.

—¿Sabes algo de la muerte de Claudette?

—No. Ojalá lo supiera. Sé que es duro para Claude. —Fijó su mirada en la de Claude, que también le devolvió la suya—. Nos separó, pero ya no está de por medio.

—He de saberlo —masculló Claude con los dientes apretados.

Por primera vez, me pregunté qué harían los gemelos si no descubría al culpable. Ese pensamiento aterrador azuzó mi actividad mental.

—Claudine —la llamé. Ella se acercó con una manzana en la mano. Tenía hambre y parecía cansada. No me sorprendía. Se suponía que había estado trabajando todo el día, y allí estaba, despierta toda la noche y lamentando la muerte de su hermana, como si no fuera nada.

—¿Podrías traer aquí a Rita? —pedí—. Claude, ¿puedes ir a buscar a Barry?

Cuando estuvimos todos en la cocina, dije:

—Todo lo que he visto y oído parece indicar que Claudette se desvaneció durante el segundo espectáculo. —Tras un instante de meditación, todos asintieron. Barry y Rita volvían a estar amordazados, y pensé que era una buena idea—. Durante la primera actuación —continué, despacio para no equivocarme—, Claudette fue a buscar el dinero. Claude estaba en el escenario. Barry también. Incluso en los momentos en los que no lo estuvo, no se acercó a la cabina. Rita estaba en su oficina.

Todos asintieron.

—Durante el intervalo entre espectáculos, el local se vació.

—Sí —dijo Jeff—. Barry subió a encontrarse con sus clientes y yo me aseguré de que todos los demás se hubiesen ido.

—Entonces, estuviste fuera de la cabina, aunque fuese poco tiempo.

—Oh, bueno, supongo que sí. Lo hago a menudo. Ni siquiera se me había ocurrido.

—Y también durante el descanso Rita subió a recoger la bolsa de dinero de Claudette.

Rita asintió enfáticamente.

—Así que, al final del intervalo, los clientes de Barry se marcharon. —Barry asintió—. ¿Qué hay de ti, Claude?

—Salí a buscar algo de comer —contestó—. No puedo comer mucho antes de bailar, pero tenía que meterme algo en el cuerpo. Cuando volví, Barry estaba a solas, preparándose para el segundo espectáculo. Yo también empecé a arreglarme.

—Yo volví a mi taburete —explicó Jeff—. Claudette volvió a la ventanilla de cobro. Estaba lista, con la caja del cambio y el sello en la bolsa. Seguía sin decirme nada.

—Pero ¿estás seguro de que era Claudette? —pregunté sin previo aviso.

—No era Claudine, si es lo que insinúas —continuó—. Claudine es tan dulce como amarga era su hermana; incluso se sentaban de formas diferentes.

Claudine parecía satisfecha y lanzó la manzana al cubo de la basura. Me sonrió, perdonándome ya por hacer preguntas sobre ella.

La manzana.

Impaciente, Claude empezó a hablar. Alcé la mano. Se calló.

—Le voy a pedir a Claudine que os quite las mordazas —les anuncié a Rita a y a Barry—, pero no quiero que habléis a menos que os haga una pregunta, ¿vale? —Ambos asintieron.

Claudine les quitó la mordaza mientras Claude me incineraba con la mirada.

Los pensamientos rebotaban en mi mente como una estampida.

—¿Qué hizo Rita con la bolsa del dinero?

—¿Después del primer espectáculo? —Jeff parecía desconcertado—. Eh, ya te lo dije. Se la llevó.

Empezaban a saltar las alarmas mentales. Ahora sabía que iba por buen camino.

—Antes me contaste que, cuando viste a Claudette esperando a coger el dinero del segundo espectáculo, ya lo tenía todo listo.

—Sí, ¿y? Tenía el sello, tenía la caja del cambio y la bolsa —respondió Jeff.

—Cierto. Debía de tener una segunda bolsa para el segundo espectáculo. Rita se había llevado la primera. Así que, cuando Rita vino a llevarse la recaudación de la primera actuación, llevaba la segunda bolsa en la mano, ¿no es así?

Jeff trató de recordar.

—Eh, supongo que sí.

—¿Qué me dices, Rita? —pregunté—. ¿Llevabas la segunda bolsa?

—No —respondió—. Había dos en la cabina al principio de la noche. Sólo me llevé la que ella había usado y se quedó otra vacía para el segundo.

—Barry, ¿viste a Rita acercarse a la cabina?

El *stripper* rubio se estrujó la mente frenéticamente. Sentía cada una de sus ideas palpitando en mi mente.

—Llevaba algo en la mano —confirmó finalmente—. Estoy seguro.

—No —estalló Rita—. ¡Ya estaba allí!

—¿Por qué importa tanto lo de la bolsa? —intervino Jeff—. No es más que una bolsa de vinilo con una cremallera, como las que te dan en los bancos. ¿Cómo iba eso a hacerle daño a Claudette?

—¿Y si el interior hubiera estado impregnado con zumo de limón?

Ambas hadas dieron un respingo, mostrando de forma patente el horror en sus caras.

—¿Bastaría eso para matarla?

—Claro que sí —contestó Claude—. Era especialmente susceptible. Hasta el mero olor a limón la hacía vomitar. El miércoles lo pasó fatal, hasta que descubrimos que las sábanas tenían ese aroma. Desde entonces, Claudine siempre tiene que ir a la tienda, porque ese nauseabundo olor parece estar por todas partes.

Rita se puso a gritar. Recordaba a una alarma de coche aguda que no paraba de sonar.

—¡Juro que yo no lo hice! —exclamó—. ¡No lo hice! ¡No lo hice! —Pero su mente estaba diciendo: «Me han pillado. Me han pillado. Me han pillado».

—Sí, por supuesto que fuiste tú —repliqué.

Los hermanos supervivientes se pusieron delante de la silla.

—Cédenos el bar por escrito —exigió Claude.

—¿Qué?

—Cédenos el club. Estamos incluso dispuestos a pagarte un dólar por él.

—¿Por qué iba a hacerlo? ¡No tenéis cadáver! ¡No podéis acudir a la policía! ¿Qué les vais a decir? «Hola, soy un hada y soy alérgica al limón» —rió—. ¿Quién se va a tragar eso?

—¿Hadas? —preguntó Barry con un hilo de voz.

Jeff no dijo nada. No sabía que los trillizos eran alérgicos al limón. No sabía que su amante era un hada. La especie humana me preocupa.

—Barry debería poder irse —sugerí.

Claude parecía animado. Miraba a Rita como un gato contempla a un canario.

—Hasta luego, Barry —se despidió educadamente mientras liberaba al *stripper*—. Nos vemos mañana en el club. Nos toca a nosotros recaudar el dinero.

—Eh, vale —dijo Barry, incorporándose.

La boca de Claudine no había parado de moverse en ningún momento. Curiosamente, el rostro de Barry se volvió inexpresivo y relajado.

—Hasta luego. Ha sido una fiesta genial —dijo cordialmente.

—Ha sido un placer, Barry —le contesté yo.

—Pásate a ver el espectáculo alguna vez. —Me saludó con la mano y salió de la casa, guiado por Claudine. Volvió enseguida.

Claude liberó a Jeff. Lo besó y dijo:

—Te llamaré pronto. —Y lo empujó suavemente hacia la puerta de atrás. Claudine repitió el conjuro y el rostro de Jeff también se relajó visiblemente de la tensión que había esgrimido hasta ese momento.

—Hasta luego —dijo el portero, antes de cerrar la puerta tras de sí.

—¿Me vas a lavar el cerebro a mí también? —pregunté con voz tímida.

—Toma tu dinero —respondió Claudine. Me cogió de la mano—. Gracias, Sookie. Creo que no hay inconveniente en que recuerdes esto, ¿eh, Claude? —Me sentí como una cachorrilla a la que recuerdan un truco.

Claude lo sopesó durante un momento y luego asintió. Volvió su atención hacia Rita, que se había tomado tiempo para salir del estado de shock.

Claude materializó un delgado contrato del aire.

—Firma —ordenó a Rita, y yo le pasé un bolígrafo que había en la encimera, bajo el teléfono.

—Os quedáis el bar a cambio de la vida de vuestra hermana —afirmó, expresando su incredulidad en lo que me pareció el peor momento.

—Claro.

Lanzó miradas de desprecio hacia las hadas. Con un destello de sus anillos, cogió el bolígrafo y firmó el contrato. Se puso en pie, se arregló la falda de su vestido alrededor de las caderas y sacudió la cabeza.

—Me voy —anunció—. Tengo otro local en Baton Rouge. Me iré a vivir allí.

—Empieza a correr —le advirtió Claude.

—¿Qué?

—Será mejor que corras. Nos debes dinero y una cacería por la muerte de nuestra hermana. Tenemos el dinero, o al menos la forma de conseguirlo —añadió, señalando el contrato—. Ahora nos queda la cacería.

—Eso no es justo.

Vale, la idea me repugnaba incluso a mí.

—Es más justo de lo que crees. —Claudine parecía formidable: ni dulce, ni débil—. Si puedes evitarnos durante un año, vivirás.

—¡Un año! —La situación de Rita empezaba a antojársele cada vez más real. Empezaba a desesperarse.

—Desde... ya. —Claude miró su reloj—. Será mejor que te vayas. Te daremos cuatro horas de ventaja.

—Sólo por diversión —completó Claudine.

—Y... ¿Rita? —avisó Claude, cuando Rita ya estaba en la puerta. Se detuvo y se volvió.

Él esbozó una sonrisa.

—No usaremos limones.

La Noche de Drácula

Encontré la invitación en mi buzón, al final del camino. Tuve que estirarme por la ventanilla del coche para abrirlo, ya que me había parado un momento, de camino al trabajo, tras recordar que hacía un par de días que no comprobaba el correo. Mi correo nunca era interesante. Quizá recibiese un panfleto de Dollar General o de Wal-Mart, o puede que uno de esos ominosos envíos masivos sobre la necesidad de reservar una parcela en el cementerio.

Hoy, tras dar un suspiro gracias al recibo de la luz y el de la televisión por cable, me encontré con un pequeño premio: un bonito, brillante y pesado sobre que claramente contenía algún tipo de invitación. Lo enviaba alguien que no sólo había dado clases de caligrafía, sino que además había aprobado con nota.

Saqué la navaja de bolsillo de la guantera y abrí el sobre con el cuidado que se merecía. No suelo recibir muchas invitaciones, y las que recibo suelen ser de Hallmark o cosas similares. Aquello era algo digno de sabo-rearse. Saqué con cuidado el rígido papel doblado y lo abrí. Algo cayó sobre mi regazo: un pañuelo de tela que venía con el papel. Sin absorber las palabras reveladas, pasé los dedos por el relieve. Caramba.

Alargué los preliminares todo lo que pude. Lo cierto es que me incliné para leer los caracteres en cursiva:

Eric Northman
y el equipo de Fangtasia

Solicitan el honor de su presencia
en la fiesta anual de Fangtasia
para celebrar el cumpleaños
del Señor de la Oscuridad:
El Príncipe Drácula.

13 de enero, 22:00h
Música a cargo de El Duque de la Muerte.
Ropa formal. Rogamos confirme su presencia.

Lo leí dos veces. Y luego una vez más.

Conduje hasta el trabajo tan sumida en mis cavilaciones, que me alegré de que no hubiese demasiado tráfico en Hummingbird Road. Giré a la izquierda para dirigirme hacia el Merlotte's, pero casi me pasé de largo el aparcamiento. En el último instante, frené y giré para meterme en la zona de aparcamiento, detrás del bar, que estaba reservada para los empleados.

Sam Merlotte, mi jefe, estaba sentado detrás de su escritorio cuando me asomé para abandonar el bolso en uno de los profundos cajones de su mesa que solía dejarnos a las camareras. Había vuelto a pasarse la mano por el pelo, ya que el halo rubio rojizo que rodeaba su cabeza era más amplio de lo normal. Levantó la mirada del papeleo de impuestos y me sonrió.

—Sookie —dijo—. ¿Cómo te va?

—Bien. Toca impuestos, ¿eh? —Me aseguré de que mi camiseta blanca estuviese bien metida en los pantalones para que la palabra «MERLOTTE'S», bordada en el pecho izquierdo, luciera derecha. Me quité uno de mis pelos rubios del pantalón negro. Siempre me agacho para cepillarme el pelo y hacerme la coleta—. ¿No se lo llevas a un auditor de cuentas este año?

—Supongo que si empiezo mucho antes, podré acabarlo yo solo.

Todos los años decía lo mismo, y siempre acababa pidiendo cita con el auditor de cuentas, quien siempre tenía que pedir una moratoria.

—Oye, ¿has recibido una de éstas? —pregunté, mostrándole la invitación.

Soltó el bolígrafo con cierto alivio y tomó el papel de mi mano. Tras escrutar su contenido, contestó:

—No. No creo que inviten a muchos cambiantes de todos modos. Puede que al líder de la manada local, o a algún ser sobrenatural que les haya hecho un importante servicio… como tú.

—No soy sobrenatural —repliqué, sorprendida—. Sólo tengo un… problema.

—La telepatía es mucho más que un simple problema —dijo Sam—. El acné es un problema. La timidez es un problema. Leer la mente de los demás es un don.

—Por supuesto —contesté. Rodeé el escritorio para dejar mi bolso en el cajón y Sam se levantó. Yo mido casi uno setenta, y Sam me supera por unos ocho centímetros. No es demasiado alto, pero sí más fuerte que el humano típico de su tamaño, ya que Sam es un cambiante.

—¿Vas a ir? —preguntó—. Halloween y el cumpleaños de Drácula son las únicas fiestas que celebran los vampiros, y tengo entendido que montan unas buenas.

—Aún no me he decidido —respondí—. Luego, cuando empiece mi descanso, quizá llame a Pam. —Pam, la lugarteniente de Eric, era lo más parecido a una buena amiga que tenía entre los vampiros.

La localicé en Fangtasia poco después de la puesta de sol.

—¿De verdad existió el conde Drácula? Creí que era una invención —le dije, después de contarle que había recibido la invitación.

—Sí, existió —me confirmó Pam—. Vlad Tepes. Era un rey valaco cuya capital se encontraba en Târgovişte, creo. —Pam daba muy por hecho la existencia de una criatura que yo pensaba que era una invención compartida de Bram Stoker y Hollywood—. Vlad III fue un hombre más feroz y sediento de sangre que cualquier vampiro, y eso antes de ser convertido. Disfrutaba ejecutando a la gente, empalándola en largas estacas de madera. Podía tardar horas en morir.

Me estremecí. Qué asco.

—Su propio pueblo lo temía, por supuesto. Pero los vampiros locales admiraban a Vlad hasta el punto de que lo convirtieron cuando estaba al borde de la muerte, fundando así una nueva era para el vampirismo. Después de que unos monjes lo enterraran en una isla llamada Snagov, se levantó a la tercera noche para convertirse en el primer vampiro moderno. Hasta entonces, los vampiros eran como… Bueno, asquerosos. Eran un absoluto secreto. Raídos y sucios, vivían en agujeros dentro de los cementerios, como animales. Pero Vlad Dracul había sido un soberano, y no iba a vestirse con harapos ni a vivir en un agujero sin una buena razón. —Pam parecía orgullosa.

Traté de imaginar a Eric vestido con harapos y viviendo en un agujero, pero me resultó casi imposible.

—Entonces ¿todo eso no fue un sueño de Stoker basado en cuentos populares?

—Sólo algunas partes. Por supuesto, no sabía mucho acerca de lo que Drácula, como él lo llamó, podía hacer o no, pero se emocionó tanto tras conocer al príncipe que se inventó muchos de los detalles que, según él, darían brío a su relato. Fue como si Anne Rice se hubiera encontrado con Louis: una especie de primera *Entrevista con el vampiro*. Más tarde, Drácula no quedó muy contento con que Stoker lo pillara en un momento de debilidad, pero no podía negar que disfrutaba de la notoriedad.

—Pero él no estará allí, ¿verdad? Quiero decir que los vampiros de todo el mundo celebrarán el acontecimiento.

Pam respondió con mucha cautela:

—Algunos creen que se presenta en alguna parte cada año; una aparición sorpresa. Las probabilidades son tan remotas, que su aparición en nuestra fiesta sería como que nos tocase la lotería. Pero algunos creen que podría pasar.

Oí de fondo la voz de Eric diciendo:

—Pam, ¿con quién estás hablando?

—Vale —cortó Pam, sacando todo un acento estadounidense con un ligero toque británico—. Tengo que dejarte, Sookie. Luego te veo.

En cuanto colgué el teléfono del despacho, Sam me advirtió:

—Sookie, si vas a la fiesta, por favor, mantente alerta y con los ojos abiertos. A veces, los vampiros se dejan llevar por la excitación que les produce la Noche de Drácula.

—Gracias, Sam —contesté—. Descuida, tendré cuidado. —Por muchos que fueran los vampiros a los que considerara mis amigos, siempre tenía que estar alerta. Hace unos años, los japoneses habían inventado una sangre sintética que satisface las necesidades nutricionales de los vampiros, lo que permitió que saliesen de las sombras y ocupasen su sitio en la sociedad de Estados Unidos. A los vampiros británicos les fue bastante bien también y, en general, a todos los vampiros de la Europa Occidental no les fue mal después de la Gran Revelación (el día que anunciaron su existencia mediante representantes cuidadosamente seleccionados). Sin embargo, muchos vampiros sudamericanos lamentaron salir al descubierto, y los chupasangres de los países musulmanes... Bueno, digamos que quedaron muy pocos. Los vampiros de las partes más inhóspitas del mundo se esforzaban por emigrar a países que los tolerasen, con el resultado de que nuestro Congreso estaba trabajando en varias leyes para limitar el asilo político a los no muertos. La consecuencia era que estábamos recibiendo un flujo de vampiros de todo tipo de acentos intentando entrar en el país. La mayoría de ellos entraban por Luisiana, ya que aquí éramos notablemente amistosos con la Gente Fría, como los llamaba *Fangbanger Xtreme*.

Era más divertido pensar en vampiros que oír los pensamientos de mis conciudadanos. Naturalmente, mientras iba de mesa en mesa, hacía mi trabajo con una gran sonrisa, porque me gustan las buenas propinas, pero no conseguía poner todo mi empeño en ello. Había sido un día cálido para ser enero, cerca de los diez grados, y los pensamientos de la gente ya anunciaban la primavera.

Procuro no escuchar, pero soy como una radio que capta muchas señales. Algunos días puedo controlar la recepción mejor que otros. Hoy no dejaba de recibir retazos sueltos. Hoyt Fortenberry, el mejor amigo de mi hermano, estaba pensando en los planes de su madre para que le plantase diez nuevos rosales en su ya amplio jardín. Melancólico, pero obediente, trataba de calcular el tiempo que le llevaría la tarea. Arlene, mi vieja amiga y también camarera, se preguntaba si lograría que su nuevo novio le hiciera la gran pregunta, pero lo cierto es que era un pensamiento perenne en Arlene. Como las rosas, florecía cada año.

Mientras limpiaba derrames y corría de la cocina a las mesas con cestas de pollo (la clientela sobrenatural abundaba esa noche) mis pensamientos se centraban en cómo conseguir un vestido formal para ir a la fiesta. Tenía un viejo vestido del baile de graduación, hecho a mano por mi tía Linda, pero se había quedado irremediablemente pasado de moda. Tengo veintiséis años, y tampoco contaba con ningún vestido de dama de honor que pudiera servir. Ninguno de mis amigos se había casado, salvo Arlene, que lo había hecho tantas veces que ni siquiera se acordaba de la figura de la dama de honor. Las pocas prendas de calidad que solía llevar a los eventos vampíricos acababan, de alguna manera, arruinadas… Algunas de formas muy desagradables.

Normalmente, hacía una parada en la tienda de ropa de mi amiga Tara, pero cerraba a las seis. Así que, cuando salí de trabajar, me dirigí hacia el centro comercial de Pecanland, en Monroe. En Dillard's tuve suerte. A decir verdad, estaba tan contenta con ese vestido que me lo habría llevado aunque no hubiese estado a la venta, pero lo habían rebajado a veinticinco de los ciento cincuenta dólares originales; todo un triunfo. Era de color rosa, con un escote de lentejuelas y gasa por la parte de abajo. No tenía tirantes y era de corte muy sencillo. Llevaría el pelo suelto y los pendientes de perlas de mi abuela, así como unos zapatos de tacón plateados que también estaban muy rebajados.

Resuelto ese importante aspecto, escribí una cortés nota de aceptación y la metí en el buzón. Estaba lista.

Tres noches después me vi llamando a la puerta trasera de Fangtasia, sosteniendo la prenda entre las manos.

—Tu aspecto es un poco informal —dijo Pam al dejarme entrar.

—No quería arrugar el vestido —respondí al entrar, asegurándome de que el vestido no arrastraba. Fui directamente al cuarto de baño.

La puerta del aseo no tenía cerradura. Pam se quedó fuera, asegurándose de que nadie me interrumpía. La lugarteniente de Eric sonrió al verme salir con mis prendas informales hechas un ovillo bajo el brazo.

—Tienes buen aspecto, Sookie —me halagó. Había elegido para sí un vestido de esmoquin de lamé plateado. Estaba imponente. Yo tengo el pelo un poco ondulado. El de Pam, sin embargo, es de un rubio más pálido que el mío y completamente liso. Las dos tenemos los ojos azules, pero los suyos son de un tono más claro y más re-

55

dondos; y no parpadea mucho—. Eric estará muy satisfecho.

Me sonrojé. Eric y yo tuvimos una historia. Pero como padece amnesia con respecto a ella, básicamente no se acuerda de nada. Pam sí.

—Como si me importara lo que piensa —solté.

Pam esbozó una torva sonrisa.

—Ya —respondió—. Eres totalmente indiferente. Como él.

Traté de aparentar que aceptaba sus palabras en su aspecto más superficial, omitiendo la carga de sarcasmo. Para mi sorpresa, Pam me dio un leve beso en la mejilla.

—Gracias por venir —dijo—. Puede que le anime verte. Ha estado trabajando mucho estos últimos días.

—¿Por qué? —pregunté, aunque no estaba muy segura de querer saberlo.

—¿Alguna vez has visto *¡Es la gran calabaza, Charlie Brown!*?

Me detuve en seco.

—Claro —contesté—. ¿Y tú?

—Oh, sí —asintió ella tranquilamente—. Muchas veces. —Me dio un momento para que lo asimilara—. Eric se pone igual cuando se acerca la Noche de Drácula. Todos los años cree que Drácula escogerá su fiesta para aparecer. Eric hace un mundo de planes; se desgasta como pocas veces en el año. Envió las invitaciones de vuelta a la imprenta dos veces, por eso salieron tan tarde. Ahora que la noche ha llegado por fin, está de los nervios.

—¿Es un caso de adoración que roza la locura?

—Se te da bien definir las cosas —dijo Pam, admirada. Estábamos fuera del despacho de Eric y podíamos escucharle rugir.

—No está muy contento con el nuevo barman. Afirma que no hay bastantes botellas de la sangre que se rumorea puede preferir el conde, según una entrevista que le hizo *American Vampire*.

Traté de imaginarme a Vlad Tepes, empalador de tantos de sus compatriotas, charlando desenfadadamente con un periodista. Tenía claro que no querría estar en el pellejo del entrevistador.

—¿Y qué marca es? —Me sacudí para retomar el hilo de la conversación.

—Dicen que el Príncipe de las Tinieblas prefiere Royalty.

—Agh. —¿Por qué no me sorprendía?

Royalty era una marca de sangre embotellada muy escasa. Creía que la marca era un mero rumor, hasta ahora. Royalty estaba confeccionada en parte con sangre sintética y en parte con sangre real; sangre, como se podrá suponer, de gente con título nobiliario. Antes de que os imaginéis a afanados vampiros emboscados a la caza del monísimo príncipe Guillermo, dejad que os diga que había muchos nobles menores en Europa dispuestos a dar su sangre a cambio de una suma astronómica.

—Después de un mes entero de llamadas, conseguimos dos botellas. —Pam parecía bastante molesta—. Han costado más de lo que nos podemos permitir. Siempre pensé que mi creador era más empresario que otra cosa, pero este año parece que Eric se ha pasado. Royalty no dura eternamente, ¿sabes? Es por la sangre auténtica que contiene... Y ahora le preocupa que las dos botellas no sean suficientes. Hay mucha leyenda alrededor de Drácula; ¿quién sabe lo que es verdad y lo que no? Ha oído que Drácula sólo bebe Royalty... o sangre de verdad.

—¿Sangre de verdad? Pero eso es ilegal, a menos que conozcas a un donante voluntario.

Cualquier vampiro que tomase sangre de un humano en contra de la voluntad de éste podía ser ejecutado por estaca o luz solar, a elección del vampiro. La ejecución solía llevarla a cabo otro vampiro que trabajaba para el Estado. Yo, personalmente, pensaba que cualquier vampiro que tomase por la fuerza la sangre de un humano merecía ser ejecutado, porque ya había suficientes fanáticos de los vampiros dispuestos a donar la suya.

—Y ningún vampiro puede matar a Drácula, ni siquiera levantarle la mano —dijo Pam, adelantándose a mis propios pensamientos—. Tampoco es que queramos dañar a nuestro príncipe, por supuesto —añadió apresuradamente.

«Sí, claro», pensé.

—Es reverenciado de tal manera que cualquier vampiro que atente contra él deberá ver amanecer. Además, se espera de nosotros que le ofrezcamos asistencia financiera.

Me pregunté si los demás vampiros también estarían obligados a sacarle brillo a los colmillos del conde.

La puerta del despacho de Eric se abrió de repente con tanta vehemencia que rebotó. Volvió a abrirla, esta vez con más tranquilidad, y emergió de ella.

Se me aflojó la mandíbula. Estaba literalmente para comérselo. Eric es muy alto, ancho de hombros y rubio, y esa noche llevaba un traje que no había salido de ningún gran almacén. Se lo habían hecho a medida, y tenía el aspecto del mejor James Bond. Impoluta tela negra sin el menor rastro de hilos, una camisa nívea y un lazo atado a mano al cuello, con ese increíble pelo derramándosele por la espalda…

—James Bond —murmuré. Los ojos de Eric brillaban de emoción. Sin decir nada, me aferró como si estuviésemos bailando y me plantó un beso de los que cortan la respiración: labios y lengua, vamos, todo el juego oscilatorio de una sola vez. Ay madre, ay madre, ay madre. Cuando me fallaron las piernas, me ayudó para mantenerme en pie. Su brillante sonrisa reveló unos refulgentes colmillos.

Eric lo había disfrutado también.

—Hola a ti también —susurré con torpeza, una vez segura de que volvía a respirar.

—Mi deliciosa amiga —dijo Eric, e hizo una reverencia.

No estaba segura de que ése fuese el apelativo correcto hacia mí, y tendría que darle un voto de confianza acerca de mi calidad de «deliciosa».

—¿Cuál es el plan de esta noche? —pregunté con la esperanza de que mi anfitrión no tardase mucho en tranquilizarse.

—Bueno, bailar, escuchar música, beber sangre, contemplar el espectáculo y aguardar la aparición del conde —detalló Eric—. Me alegro mucho de que hayas venido. Tenemos muchos invitados especiales, pero tú eres la única telépata.

—Vale —dije con un hilo de voz.

—Estás especialmente encantadora esta noche —comentó Lyle. Llevaba todo el rato justo detrás de Eric y no me había dado cuenta. De rostro menudo y estrecho y pelo negro de punta, Lyle carecía de la presencia que había adquirido Eric a lo largo de mil años de existencia. Lyle era de Alexandria, y estaba de visita en Fangtasia porque deseaba empaparse de sus claves de éxito antes de abrir su propio bar de vampiros. Llevaba una nevera portátil y tenía mucho cuidado de mantenerla equilibrada.

—La Royalty —explicó Pam con su voz neutral.

—¿Puedo verla? —pregunté.

Eric levantó la tapa y mostró el contenido: dos botellas azules (por lo de la sangre azul, supuse), con etiquetas que mostraban como logotipo una tiara y la solitaria palabra «Royalty» escrita con letras góticas.

—Muy bonitas —comenté, poco impresionada.

—Quedará muy satisfecho —concluyó Eric, más feliz de lo que jamás le había escuchado.

—Pareces extrañamente seguro de que el…, de que Drácula vaya a aparecer —dije. El pasillo estaba atestado. Nos dirigimos a la zona pública del club.

—He mantenido una charla de negocios con el representante del Maestro —confesó—. Le he manifestado el honor que supondría, para mí y mi establecimiento, contar con su presencia esta noche.

Pam se volvió hacia mí y puso los ojos en blanco.

—Lo sobornaste —traduje. De ahí que Eric estuviera tan emocionado este año y la adquisición de las botellas de Royalty.

Jamás había pensado que Eric idolatrase a nadie que no fuese él mismo. Tampoco habría pensado que estuviera dispuesto a gastarse una buena suma de dinero en ello. Eric era encantador y emprendedor, y cuidaba de sus empleados; pero la primera persona en su lista de admiraciones era él mismo, y su propio bienestar ocupaba el primer lugar de su lista de prioridades.

—Mi querida Sookie, no pareces exultante —comentó Pam, lanzándome una traviesa sonrisa. Pam disfrutaba revolviendo un poco, y esa noche se presentaba como un gran terreno abonado. Eric volvió la cabeza para mirarme y la expresión de Pam se relajó a su habitual impasibilidad.

—¿No crees que vaya a ocurrir, Sookie? —preguntó él. A sus espaldas, Lyle puso los ojos en blanco. Estaba claramente hasta las narices de la fantasía de Eric.

Yo sólo quería ir a una fiesta con un vestido bonito y pasármelo bien, pero allí me encontraba, inmersa en un barranco verbal.

—Supongo que lo sabremos en su momento, ¿no? —contesté felizmente, y Eric pareció quedar satisfecho—. El club está precioso. —Por lo general, Fangtasia era el lugar más monótono que cupiera imaginarse; aparte del patrón de colores rojo y gris y los neones. Los suelos eran de cemento, las mesas y sillas de sobrio metal, y los reservados no eran mucho mejores. Me costaba creer que el local hubiese sufrido tal transformación. Habían colgado banderas del techo. Cada una era blanca, con un oso rojo en el centro: un estilizado animal elevado sobre sus patas traseras y una garra lista para atacar.

—Es una réplica del estandarte personal del Maestro —dijo Pam, respondiendo a la pregunta que llevaba implícita mi dedo apuntado—. Eric pagó a un historiador de la Universidad de Luisiana para que lo buscara. —Por su expresión, estaba claro que le habían colado el timo del siglo.

En el centro de la pequeña pista de baile de Fangtasia habían colocado un trono sobre un estrado. Cuando me acerqué a él, tuve la seguridad de que Eric lo había alquilado a una compañía de circo. No pintaba mal desde unos diez metros, pero de cerca… no tanto. Sin embargo, lo habían adornado con un henchido cojín rojo, listo para las posaderas del Príncipe de las Tinieblas. El estrado ocupaba el centro exacto de una alfombra cuadrada negra. Habían cubierto también las mesas con manteles blancos o rojo oscuro, con rebuscados centros de flores. No pude evitar la carcajada al ver uno de esos centros: en medio de la explosión de claveles rojos y verdes hojas había ataúdes en miniatura y estacas a escala real. Al fin sale a la superficie el sentido del humor de Eric.

En vez de la WDED, la cadena de radio hecha por y para los vampiros, habían puesto una melodía de violín muy emotiva que resultaba tan abrasiva como inquietante.

—Música de Transilvania —informó Lyle, poniendo una cara estudiadamente inexpresiva—. Más tarde, el DJ Duque de la Muerte nos llevará a un viaje musical —añadió, como si prefiriese comerse un puñado de caracoles.

Vi un pequeño bufé pegado a la pared, junto a la barra, reservado para seres que se alimentaban de comida, así como una amplia fuente de sangre para los que no. Ésta, que fluía con parsimonia hacia una grada de cuencos de brillante y lechoso cristal, estaba rodeada de copas. Me pareció un «poquito» excesivo.

—Caramba —comenté débilmente mientras Eric y Lyle se dirigían hacia la barra.

Pam meneó la cabeza con desesperación.

—La de dinero que hemos gastado —dijo.

No era muy sorprendente que la sala estuviera llena de vampiros. Reconocí a algunos de los chupasangres: Indira, Thalia, Clancy, Maxwell Lee y Bill Compton, mi ex. Había al menos otros veinte a los que sólo había visto una o dos veces, todos ellos vampiros que residían en la Zona Cinco, controlada por Eric. Y otros pocos a los que no conocía de nada, como el tipo de detrás de la barra, que debía de ser el nuevo barman. Este puesto en Fangtasia cambiaba de manos muy rápidamente.

Había también en el bar algunas criaturas que no eran ni vampiros ni humanos, sino miembros de la comunidad sobrenatural de Luisiana. El líder de la manada de licántropos de Shreveport, el coronel Flood, estaba sentado a una mesa con Calvin Norris, el líder de una pequeña comunidad de hombres pantera que vivían en los alrededores de Hotshot, a las afueras de Bon Temps. El coronel Flood, ahora retirado de la Fuerza Aérea, estaba muy rígido, embutido en un buen traje, mientras que Calvin llevaba puesta su propia idea de prendas de fiesta: camisa y botas de vaquero, tejanos nuevos, y un sombrero negro completando el conjunto. Me hizo un saludo con él cuando me divisó y me lanzó un gesto de admiración con la cabeza. El gesto del coronel Flood fue menos personal, pero igualmente amistoso.

Eric invitó también a un tipo bajito y ancho que me recordó poderosamente a un duende al que conocí en una ocasión. Estaba convencida de que era de la misma raza. Los duendes son irritables e increíblemente fuertes, y cuando están enfadados su tacto quema, así que decidí permanecer a buena distancia de ese ejemplar. Estaba enzarzado en una intensa conversación con una mujer muy delgada con mirada enfadada. Llevaba por prenda un conjunto de hojas y viñas. Mejor no preguntar.

Por supuesto, no había ningún hada. Son tan embriagadoras para los vampiros como el agua azucarada para los colibríes.

Tras la barra estaba el miembro más reciente del personal de Fangtasia, un tipo bajo y corpulento de larga y ondulada cabellera negra. Tenía una nariz prominente y ojos grandes, y recibía las comandas con un aire de diversión mientras iba de acá para allá preparando las bebidas.

—¿Quién es ése? —pregunté, moviendo la cabeza hacia la barra—. ¿Y quiénes son esos vampiros raros? ¿Eric está expandiendo el negocio?

—Si vas de tránsito durante la Noche de Drácula —dijo Pam—, el protocolo dicta que te presentes en la sede del sheriff más cercano y formes parte de la celebración. Por eso hay vampiros a los que no conoces. El nuevo barman es Milos Griesniki, un inmigrante recién llegado de las Viejas Patrias. Es asqueroso.

Me quedé mirando a Pam.

—¿Y eso? —pregunté.

—Es un tipo ruin, una sanguijuela.

Nunca había oído a Pam expresar opiniones tan fuertes. Miré al vampiro con curiosidad.

—Trata de descubrir cuánto dinero tiene Eric y cuánto recauda el bar, además de cuánto cobran nuestras camareras humanas.

—Hablando de ellas, ¿dónde están? —Las camareras y el resto del personal habitual, todas ellas *groupies* de los vampiros (comúnmente conocidas como colmilleras) solían estar muy a la vista, y no pasaban nada desapercibidas, vestidas con transparencias negras y maquilladas tan pálidas como para parecer vampiras de verdad.

—Es demasiado peligroso que vengan esta noche —contestó Pam llanamente—. Notarás que Indira y Clancy están sirviendo a los invitados. —Indira vestía un precioso sari, cuando solía ponerse vaqueros y camiseta, así que supe enseguida que había hecho un esfuerzo para estar a la altura de la ocasión. Clancy, que tenía un revuelto cabello rojizo y brillantes ojos verdes, llevaba un traje. También era toda una novedad en él. En lugar de una corbata normal, llevaba al cuello un pañuelo atado con un lazo suelto. Cuando captó mi mirada, se llevó la mano de la cabeza a los pantalones para atraer mi admiración. Sonreí y lo saludé con la cabeza, aunque, a decir verdad, prefería a Clancy con su ropa de tío duro y sus botas pesadas.

Eric revoloteaba de mesa en mesa. Abrazaba, hacía reverencias y hablaba con todo el mundo como exigía la ocasión, y yo no sabía si aquello resultaba entrañable o preocupante. Decidí que era un poco de las dos cosas. Definitivamente había descubierto el punto débil de Eric.

Hablé unos minutos con el coronel Flood y Calvin. El coronel estaba tan cordial y distante como de costumbre; le importábamos poco los que no éramos licántropos y, ahora que se había retirado, trataba con gente normal sólo cuando era estrictamente necesario. Calvin me dijo que le había cambiado el techo a su casa y me invitó a ir de pesca con él cuando hiciera más calor. Sonreí, pero no me comprometí a nada. A mi abuela le encantaba pescar, pero yo sólo aguantaba un par de horas, como mucho, antes de entrarme ganas de hacer otra cosa. Observé cómo Pam desempeñaba sus labores de lugarteniente, asegurándose de que todos los vampiros estuvieran contentos, reprendiendo con severidad al barman cuando metía la pata con alguna bebida. Milos Griesniki le devolvió una expresión ceñuda que me provocó un escalofrío. Si había allí alguien sobradamente capaz de cuidar de sí misma, ésa era Pam.

Clancy, que llevaba dirigiendo el funcionamiento del club desde hacía más de un mes, comprobaba cada mesa para asegurarse de que había ceniceros limpios (algunos de los vampiros fumaban) y de que los vasos sucios y demás material usado eran retirados lo antes posible. Cuando el DJ Duque de la Muerte se hizo con las riendas, la música cambió volviéndose más marchosa. Algunos de los vampiros se animaron a tomar la pista de baile, meneándose con el abandono extremo del que sólo eran capaces los no muertos.

Calvin y yo bailamos un par de veces, pero no podíamos competir en la liga de los vampiros. Eric me reclamó para un lento, pero estaba claramente distraído en sus pensamientos sobre lo que le depararía la noche;

en más de una ocasión, padecí su preocupación por Drácula en las uñas de los dedos de los pies.

—Alguna noche —susurró— sólo estaremos tú y yo.

Cuando terminó la canción, tuve que volver a tomar un largo trago bien cargado de hielo. Mucho hielo.

A medida que se acercaba la medianoche, los vampiros fueron aglomerándose alrededor de la fuente de sangre y las copas llenas del rojo fluido. Los huéspedes no vampiros también se levantaron. Yo estaba de pie junto a la mesa donde había estado charlando con Calvin y el coronel Flood cuando Eric puso sobre su mesa un gong de mano y empezó a golpearlo. Si hubiese sido humano, habría mostrado sus mejillas ruborizadas por la emoción; al ser un vampiro, eran sus ojos los que ardían. Eric parecía precioso y aterrador a la vez, dada su determinación.

Cuando la última reverberación se redujo a silencio, Eric alzó su copa y anunció:

—En este día memorable, nos reunimos en la reverencia y rogamos al Señor de las Tinieblas que nos honre con su presencia. ¡Oh, Príncipe, manifestaos!

Permanecimos en un expectante silencio, a la espera de la gran calabaza…, digo, del Príncipe de las Tinieblas. Justo cuando la cara de Eric empezaba a dar muestras de abatimiento, una voz seca rompió la tensión.

—¡Mi leal hijo, así pues, me revelo!

Milos Griesniki saltó por encima de la barra, quitándose la chaqueta, la camisa y los pantalones y mostrando… un increíble mono hecho de un material negro elástico con lentejuelas. No me habría sorprendido en una chica que fuese a su baile de promoción, sin mucho dinero pero con muchas ganas de parecer poco convencional y muy sexy. Con su abultado cuerpo, negra melena y bigote, la prenda de una pieza hacía que pareciera el acróbata de un circo de tercera.

Se produjo un excitado murmullo generalizado.

—Bueno… —dijo Calvin—. Vaya mierda. —El coronel Flood asintió secamente para mostrar su absoluto acuerdo con dicha apreciación.

El barman posó regiamente ante Eric, quien, tras un instante de perplejidad, se inclinó ante ese vampiro que era notablemente más bajo que él.

—Mi señor —balbuceó Eric—. Empequeñezco ante el honor que no…, ante el honor que nos hacéis al presentaros aquí…, en… este día… de días… Estoy sobrecogido.

—Jodido impostor —me murmuró Pam al oído. Se había deslizado detrás de mí durante la escenificación de su aparición.

—¿Tú crees? —pregunté, contemplando el espectáculo del confiado y regio Eric farfullando, de hecho, hundiendo una rodilla en el suelo.

Drácula hizo un gesto de silencio y la boca de Eric enmudeció a media frase. Lo mismo ocurrió con las bocas de los demás vampiros presentes.

—Llevo aquí de incógnito una semana —dijo Drácula con grandilocuencia y un marcado, aunque no desagradable, acento— y este lugar me ha gustado tanto que propongo quedarme durante un año. Aceptaré tu tributo mientras permanezca aquí para vivir el estilo que tanto disfruté en vida. Si bien la Royalty es aceptable parche provisional, yo, Drácula, desdeño esta moderna costumbre de beber sangre embotellada, así que exijo una mujer por día. Ésta servirá para empezar. —Me señaló. El coronel y Calvin salieron disparados para colocarse a mis flancos, un gesto que agradecí sobremanera. Todos los vampiros parecían confusos, una expresión que no encaja muy bien en el rostro de un no muerto, salvo Bill. Él se quedó completamente inexpresivo.

Eric siguió el achaparrado dedo de Vlad Tepes, que me identificaba como su inminente *Happy Meal*. Luego contempló a Drácula, levantando la cabeza desde su posición arrodillada. No pude descifrar su expresión en absoluto, lo que me produjo una mezcla de emoción y temor. ¿Qué habría hecho Charlie Brown si la gran calabaza se hubiese querido comer a la niña pelirroja?

—Además, para mi manutención económica, un diezmo de los ingresos de tu club y una casa serán suficientes para satisfacer mis necesidades, incluidos algunos sirvientes, claro: tu lugarteniente o el gerente del club, cualquiera de los dos servirá… —Pam emitió un gruñido, un sonido de baja intensidad que bastó para erizarme los pelos de la nuca. Clancy puso la misma cara que si alguien acabase de dar una patada a su perro.

Pam palpaba el centro de la mesa, oculto por mi cuerpo. Un segundo después, sentí que me ponía algo en la mano. Bajé la mirada.

—Eres la humana —susurró.

—Ven, chica —ordenó Drácula, completando la llamada con un gesto de los dedos—. Tengo hambre. Ven a mí y honra a los aquí reunidos.

Si bien el coronel Flood y Calvin me agarraron de los brazos, dije suavemente:

—No merece la pena que arriesguéis la vida. Os matarán si intentáis luchar. No os preocupéis. —Me zafé de ellos, mirándolos a los ojos, primero a uno y luego al otro, mientras hablaba. Intentaba proyectar confianza. No sabía qué habían comprendido exactamente, pero al menos ya sabían que yo tenía un plan.

Intenté deslizarme hasta el emperifollado barman como si hubiese caído en un trance. Como es algo a lo que soy inmune, y estaba claro que Drácula nunca había dudado de sus poderes, resultó creíble.

—Maestro, ¿cómo escapasteis de vuestra tumba en Târgoviște? —pregunté, esforzándome por parecer cautivada y ausente. Dejé los brazos colgados a ambos lados para que las largas mangas de gasa me ocultaran las manos.

—Muchos son los que me han hecho esa pregunta —dijo el Príncipe de las Tinieblas, inclinando con gracia su cabeza, al mismo tiempo que Eric sacudía la suya hacia arriba, juntando las cejas—. Pero esa historia ha de esperar. Preciosa mía, me alegra que hayas dejado tu cuello al descubierto esta noche. Acércate a mí… ¡AARRR-GGHHH!

—¡Eso es por el pésimo diálogo! —grité con voz temblorosa mientras intentaba hundir la estaca con más fuerza si cabe.

—Y esto por la vergüenza que me has hecho pasar —dijo Eric, dando el golpe de gracia con su puño, lo justo para rematar la jugada, mientras el «Príncipe» nos contemplaba, horrorizado. La estaca desapareció dentro de su pecho.

—Cómo os atrevéis…, cómo os atrevéis —croó el enjuto vampiro—. Seréis ejecutados.

—No lo creo —respondí. Su cara perdió toda expresión y sus ojos quedaron vacíos. La piel se le empezó a descascarillar mientras se desintegraba.

Pero, mientras el autoproclamado Drácula se derrumbaba en el suelo y miraba a mi alrededor, no estaba segura. Sólo la presencia de Eric a mi lado evitaba que la clientela se me echase encima. Los vampiros forasteros eran los más peligrosos; los que me conocían, titubearían.

—No era Drácula —afirmé con toda la fuerza y claridad posibles—. Era un impostor.

—¡Matadla! —ordenó una vampira delgada de pelo castaño y corto—. ¡Matad a la asesina! —Tenía un fuerte acento. Me figuré que era rusa. Ya empezaba a cansarme de la nueva oleada de vampiros.

«Mira quién ha ido a hablar», pensé brevemente.

—¿De verdad os creéis que este mindundi era el Príncipe de las Tinieblas? —pregunté, apuntando hacia el montón al que se había reducido en el suelo, apenas mantenido por el mono de lentejuelas.

—Está muerto. Y quien mate a Drácula debe morir —dijo Indira tranquilamente, pero no parecía estar muy dispuesta a lanzarse sobre mí para abrirme la garganta.

—Cualquier vampiro que mate a Drácula debe morir —corrigió Pam—. Pero Sookie no es una vampira, y ése no era Drácula.

—Mató a alguien que suplantaba a nuestro fundador —añadió Eric, asegurándose de que se le oía en cada rincón del club—. Milos no era el verdadero Drácula. Le habría clavado la estaca yo mismo si hubiera podido. —Pero yo estaba a su lado, agarrándole el brazo, y sabía que estaba temblando.

—¿Cómo lo sabes? ¿Cómo iba a saberlo una humana que apenas ha estado un momento en su presencia? Podría haber sido él —replicó un tipo alto y pesado con acento francés.

—Vlad Tepes fue enterrado en el monasterio de Snagov —aclaró Pam con calma, y todos se volvieron hacia ella—. Sookie le preguntó cómo había logrado escapar de su tumba en Târgoviște.

Bueno, eso bastó para callarlos a todos, al menos de momento. Y empecé a creerme que yo acabaría la noche con vida.

—Habrá que compensar a su creador —indicó el vampiro alto. Se había calmado bastante en los últimos minutos.

—Si averiguamos quién es —señaló Eric—, por supuesto.

—Buscaré en mi base de datos —se ofreció Bill. Estaba entre las sombras, desde donde llevaba observando toda la noche. Dio un paso hacia delante y sus ojos oscuros se clavaron en mí como el foco de un helicóptero de policía—. Averiguaré cómo se llamaba de verdad, si es que nadie lo conocía de antes.

Todos los vampiros presentes pasearon la mirada por la sala. Nadie dio un paso adelante admitiendo conocer a Milos/Drácula.

—Mientras tanto —dijo Eric con suavidad—, no olvidemos que este acontecimiento deberá permanecer en secreto hasta que podamos sacar algo en claro. —Sonrió mostrando claramente los colmillos y dejando las cosas bien claras—. Lo que pasa en Shreveport, se queda en Shreveport.

Se produjo un murmullo colectivo de asentimiento.

—¿Qué decís vosotros, huéspedes míos? —interrogó Eric, mirando a los no vampiros.

—Los asuntos de los vampiros no conciernen a la manada —respondió el coronel—. Nos da igual si os matáis entre vosotros. No nos inmiscuiremos en vuestras cosas.

Calvin se encogió de hombros.

—Las panteras lo suscriben.

—Yo ya me he olvidado de todo —añadió el duende, y la loca de su lado asintió con una carcajada. Los demás asistentes que no eran vampiros siguieron la tónica rápidamente.

Nadie solicitó mi respuesta. Supongo que daban mi silencio por sentado, y no les faltaba razón.

Pam me llevó a un lado. Chasqueó la lengua y me frotó el vestido. Bajé la mirada para ver que un chorro de sangre había manchado la falda de gasa. Enseguida supe que no volvería a ponerme mi querido vestido.

—Ya es mala suerte, con lo bien que te sentaba el rosa...

Me dispuse a ofrecerle el vestido, pero me lo pensé dos veces. Me lo llevaría a casa y lo quemaría. ¿Sangre de vampiro en mi vestido? Era una evidencia que nadie querría ver colgada en su armario. Si la experiencia me ha enseñado algo, es a deshacerme inmediatamente de la ropa manchada de sangre.

—Has sido muy valiente —señaló Pam.

—Bueno, iba a morderme —contesté—. Hasta matarme.

—Aun así —insistió.

No me gustaba su mirada calculadora.

—Gracias por ayudar a Eric cuando yo no pude —dijo Pam—. Mi creador es todo un zoquete cuando se trata del Príncipe.

—Lo hice porque me iba a chupar la sangre —le respondí.

—Has investigado algo sobre Vlad Tepes.

—Sí, me fui a la biblioteca cuando me hablaste del verdadero Drácula, y también busqué en Google.

Los ojos de Pam refulgieron.

—Cuenta la leyenda que el auténtico Vlad III fue decapitado antes de ser enterrado.

—No es más que una de las historias que rodean su muerte —repliqué.

—Cierto, pero sabes que ni siquiera un vampiro puede sobrevivir a la decapitación.

—Eso creo.

—Entonces sabes que todo esto podría no ser más que un montón de mierda.

—Pam —dije, moderadamente asombrada—. Bueno, puede que sí y puede que no. Después de todo, Eric habló con alguien que decía ser el representante del verdadero Drácula.

—Supiste que Milos era un impostor en cuanto dio el primer paso.

Me encogí de hombros.

Pam sacudió la cabeza hacia mí.

—Eres demasiado blanda, Sookie Stackhouse. Y eso acabará contigo algún día.

—Qué va, no lo creo —contesté. Observaba a Eric, su dorada melena cayendo hacia delante mientras bajaba la mirada para contemplar los restos del autoproclamado Príncipe de las Tinieblas. Los mil años de su existencia se hicieron notar con todo su peso y, por un instante, pude ver cada uno de ellos. Luego, poco a poco, su cara fue iluminándose, y cuando me miró, lo hizo con la expectación de un crío en Nochebuena.

—Quizá el año que viene —dijo.

Respuestas monosilábicas

ℬubba el vampiro y yo estábamos amontonando las ramas de mis setos recién recortados, cuando apareció un alargado coche negro. Hasta ese momento, estaba disfrutando del aroma que desprendían los arbustos recortados y las melodías nocturnas de los grillos y las ranas. Con la llegada de la limusina negra se hizo el silencio absoluto. Bubba desapareció inmediatamente, ya que no reconocía el vehículo. Desde su paso a la vida vampírica, Bubba había optado por el lado reservado.

Me apoyé en mi rastrillo tratando de parecer indiferente pero la verdad es que distaba mucho de sentirme relajada. Vivo bastante apartada, en el campo, y a mi casa no se llega a menos que tengas la intención de hacerlo. No hay ningún cartel en la carretera de la parroquia que indique CASA STACKHOUSE por ninguna parte. Tampoco se ve desde la carretera porque el camino que conduce a ella describe meandros por el bosque hasta llegar al claro en el que lleva asentada desde hace ciento sesenta años.

No suelo recibir muchas visitas, y no recordaba haber visto una limusina en toda mi vida. Durante un par de minutos, nadie salió del largo vehículo negro. Empecé a preguntarme si no debería haberme escondido, como Bubba. Las luces exteriores de la casa estaban encendidas, por supuesto, ya que no puedo ver en la oscuridad como él, pero las ventanillas de la limusina estaban densamente tintadas. Tuve la tentación de golpear el brillante parachoques con el rastrillo para ver qué pasaba. Afortunadamente, la puerta se abrió mientras yo aún me lo estaba pensando.

Un señor de respetables dimensiones emergió de la parte de atrás. Medía más de uno ochenta y parecía estar hecho de círculos. El mayor de ellos era su barriga. Su redonda cabeza estaba calva, aunque se vislumbraba una ligera corona de pelo negro sobre las orejas. Sus pequeños ojos eran también redondos, y negros como su pelo y su traje. Su camisa era de un resplandeciente blanco y la corbata, cómo no, negra y sin motivos. Parecía el director de una funeraria para criminales desquiciados.

—No mucha gente hace sus trabajos de jardinería en plena noche —comentó con una voz sorprendentemente melodiosa. Lo mejor sería omitir la respuesta, que sería que me gusta hacerlo cuando tengo alguien con quien hablar, y en este caso era Bubba, que no puede salir a la luz del sol. Me limité a asentir. Era una de esas cosas indiscutibles.

—¿Es usted la mujer llamada Sookie Stackhouse? —preguntó el amplio caballero. Lo dijo como si a menudo se dirigiera a criaturas que no fuesen ni hombres ni mujeres, sino algo completamente distinto.

—Sí, señor, ésa soy yo —respondí educadamente. Mi abuela, que Dios cuide de su alma, me había educado bien. Pero no por ello me había inculcado ser tonta; no iba a invitarlo a pasar. Me pregunté por qué no salía el chófer.

—En ese caso, tengo una herencia para usted.

«Herencia» significaba que alguien había muerto. No me quedaba familia, salvo mi hermano Jason, y estaba sentado en el Merlotte's con su novia Crystal. Al menos allí estaba cuando salí de mi turno de camarera, hacía un par de horas.

Los pequeños animales de la noche volvían a emitir sus ruidos tras decidir que las grandes criaturas nocturnas no iban a atacar.

—¿Una herencia por quién? —pregunté. Lo que me diferencia de las demás personas es que soy telépata. Los vampiros, cuya mente es un hoyo de silencio en un mundo que se antojaba ruidoso para mí debido a la cacofonía de las mentes humanas, son para mí remansos de paz, por lo que había disfrutado del rato con Bubba. Ahora tenía que redoblar mi don. La aparición de ese hombre no era casual. Proyecté mi mente hacia el visitante. Mientras el redondo hombre respingaba ligeramente ante mi pregunta, gramaticalmente incorrecta, traté de hurgar en su mente. En vez de un torrente de ideas e imágenes (la típica emisión humana), sus pensamientos me llegaron en estallidos de estática. Se trataba de algún tipo de criatura sobrenatural.

—¿De quién? —me corregí, y él me sonrió. Tenía los dientes muy afilados.

—¿Recuerda a su prima Hadley?

Nada en el mundo me habría sorprendido más que esa pregunta. Apoyé el rastrillo en la mimosa y sacudí la bolsa de basura que ya habíamos llenado. La cerré antes de responder. Sólo deseaba que la voz no me flaquease.

—Sí, me acuerdo de ella. —A pesar de sonar roncas, mis palabras salieron con claridad.

Hadley Delahoussaye, mi única prima, se había desvanecido en el submundo de las drogas y la prostitución hacía algunos años. Tenía su foto del anuario del instituto en mi álbum. Era la última foto que se había hecho, porque ese año se fue a Nueva Orleans para buscarse la vida con su astucia y su cuerpo. Mi tía Linda, su madre, murió de cáncer a los dos años de su marcha.

—¿Está viva? —inquirí, apenas logrando sacar las palabras.

—No, por desgracia —respondió el hombretón, limpiándose con aire ausente las gafas de montura negra en un limpio pañuelo blanco. Sus zapatos negros brillaban como espejos—. Me temo que su prima Hadley ha fallecido. —Parecía deleitarse al decirlo. Era un hombre (o lo que fuese) que disfrutaba con el sonido de su propia voz.

Por debajo de la desconfianza y la confusión que estaba sintiendo acerca de aquel extraño episodio, notaba una afilada punzada de aflicción. Hadley había sido una niña muy graciosa, y nos lo habíamos pasado bien juntas, naturalmente. Como yo siempre había sido una niña rara, ella y mi hermano Jason eran en realidad los únicos niños con los que podía jugar. Cuando Hadley entró en la pubertad, la cosa cambió; pero aún conservaba buenos recuerdos de mi prima.

—¿Qué le ha pasado? —pregunté, intentando controlar la voz, pero sin conseguirlo.

—Estuvo implicada en un desgraciado accidente —contestó.

Se trataba de un eufemismo para referirse a un asesinato a manos de un vampiro. Cuando aparecían esas palabras en un periódico, quería decir que algún vampiro no había podido reprimir su sed y había atacado a un humano.

—¿La mató un vampiro? —Estaba horrorizada.

—No exactamente. Su prima Hadley era la vampira. Le clavaron una estaca.

Resultó ser una noticia tan mala y desconcertante que me fue imposible asimilarla. Levanté una mano para indicarle que no siguiera, al menos mientras digería lo que acababa de decir, porción a porción.

—¿Me puede decir su nombre, por favor? —interrogué.

—Soy el señor Cataliades —respondió. Lo repetí mentalmente varias veces, ya que era la primera vez que oía ese nombre. Hay que enfatizar en «tal», me dije, y alargar la «e».

—¿De dónde es usted?

—Hace muchos años que mi domicilio está en Nueva Orleans.

Nueva Orleans estaba en el otro extremo de Luisiana con respecto a mi pequeño pueblo, Bon Temps. El norte de Luisiana difiere notablemente del sur en muchos aspectos fundamentales: al igual que el sur, también es una zona excesivamente religiosa, pero carece de la energía y el dinamismo de Nueva Orleans; es como la hermana mayor que se queda en casa a cuidar de la granja mientras la pequeña se va de fiesta. Pero comparte más cosas con el sur del Estado: malas carreteras, políticos corruptos y mucha gente, tanto blancos como negros, en el umbral de la pobreza.

—¿Quién le ha traído? —pregunté intencionadamente, observando la ventanilla del conductor.

—Waldo —llamó el señor Cataliades—, la señorita quiere verte.

Lamenté haber manifestado mi interés en cuanto Waldo salió del coche y pude echarle una ojeada. Era un vampiro, como ya había deducido a partir de su lectura mental, que es como un negativo fotográfico, tal como yo lo veo mentalmente. La mayoría de los vampiros son atractivos o extremadamente hábiles de una u otra manera. Normalmente, cuando un vampiro convierte a un humano, suele escogerlo por su belleza o por alguna habilidad especial. No sabía quién demonios había elegido a Waldo, pero imaginé que no estaba muy bien de la cabeza. Waldo tenía una larga melena etérea de color blanco, casi del mismo tono que su piel. Mediría algo más de uno setenta, pero parecía más alto gracias a su gran delgadez. Sus ojos parecían rojos bajo la luz que yo había montado en el poste eléctrico. Era un blanco cadavérico con un toque verdoso, y tenía la piel arrugada. Nunca había visto a un vampiro que no hubiese sido convertido en la plenitud de la vida.

—Waldo —dije, meneando la cabeza. Agradecí tener tantas tablas en mantener una expresión agradable—. ¿Te apetece beber algo? Creo que me queda sangre embotellada. ¿Y usted, señor Cataliades? ¿Una cerveza? ¿Un refresco?

El hombretón se estremeció y trató de disimularlo con una leve reverencia.

—Hace demasiado calor para tomar café o alcohol, pero quizá podamos beber unos refrescos más tarde. —La temperatura era de unos dieciséis grados, pero me di cuenta de que sudaba abundantemente—. ¿Podemos pasar? —preguntó.

—Lo siento —contesté, sin el menor ánimo de disculpa en la voz—, pero creo que no. —Esperaba que a Bubba se le hubiese ocurrido atravesar a la carrera el pequeño valle entre nuestras propiedades para buscar a mi vecino más cercano, y antiguo amante, Bill Compton, conocido para los habitantes de Bon Temps como Bill el vampiro.

—Bien, resolveremos este asunto en su jardín —acordó el señor Cataliades con frialdad. Él y Waldo rodearon la limusina. Me sentí incómoda cuando el vehículo dejó de interponerse entre ellos y yo, pero se mantuvieron a distancia.

—Señorita Stackhouse, es usted la única heredera de su prima.

Entendía lo que me decía, pero no dejaba de parecerme increíble.

—¿Y mi hermano Jason no? —Jason y Hadley, ambos tres años mayores que yo, siempre se habían llevado muy bien.

—No. En este documento, Hadley declara que llamó una vez a Jason Stackhouse para pedirle ayuda cuando atravesó ciertos problemas económicos. Él ignoró su solicitud, así que ella ha optado por la reciprocidad.

—¿Cuándo mataron a Hadley? —Me concentraba con todas mis fuerzas para no recibir ninguna imagen. Como tenía tres años más que yo, contaba con apenas veintinueve cuando murió. Había sido mi antónimo físico en más de un sentido. Yo era robusta y rubia, mientras que ella era delgada y morena. Yo era fuerte y ella era frágil. Tenía unos grandes ojos castaños con grandes pestañas, y los míos eran azules; y ahora, ese extraño hombre me estaba diciendo que los había cerrado para siempre.

—Hace un mes. —El señor Cataliades se lo tuvo que pensar—. Murió hace cosa de un mes.

—¿Y no me lo han comunicado hasta ahora?

—Lo impidieron las circunstancias.

Medité al respecto.

—¿Murió en Nueva Orleans?

—Sí. Era la sirvienta de la reina —respondió, como si aquello fuese como conseguir formar parte de un bufete de abogados o montar un negocio propio.

—La reina de Luisiana —murmuré cautelosamente.

—Sabía que lo comprendería —apuntó, sonriente—. «Esta mujer parece conocer a sus vampiros», me dije en cuanto la vi.

—Conoce a este vampiro —avisó Bill, apareciendo a mi lado de ese desconcertante modo tan suyo.

Un destello de disgusto atravesó el rostro del señor Cataliades, como un relámpago en el cielo.

—¿Y usted es...? —preguntó con gélida cortesía.

—Soy Bill Compton, residente de esta parroquia y amigo de la señorita Stackhouse —anunció Bill ominosamente—. También trabajo para la reina, como usted.

La reina había contratado a Bill para hacerse con la base de datos sobre vampiros en la que estaba trabajando. Por alguna razón, pensé que el señor Cataliades realizaba servicios más personales. Daba la sensación de saber dónde estaba enterrado cada cadáver, y Waldo parecía ser quien los había puesto allí.

Bubba estaba justo detrás de Bill, y cuando salió de detrás de su sombra, vi por primera vez en Waldo algo parecido a una emoción. Estaba sobrecogido.

—¡Oh, Dios mío! ¿Ése es Él...? —farfulló el señor Cataliades.

—Sí —dijo Bill, lanzando a los dos visitantes una intencionada mirada—. Es Bubba. El pasado le pone muy nervioso. —Aguardó a que los otros asintieran después de captar la idea, y luego me miró a mí. Sus ojos castaños parecían negros bajo las sombras de las luces que se derramaban desde lo alto. Su piel mostraba el pálido refulgir que lo delataba como un vampiro—. ¿Qué ha pasado, Sookie?

Le conté una versión resumida del mensaje del señor Cataliades. Como Bill y yo rompimos porque me fue infiel, habíamos intentado establecer otro tipo de relación viable. Había demostrado ser un amigo de fiar y me alegré de que estuviera allí.

—¿Ordenó la reina la muerte de Hadley? —preguntó Bill a mis visitantes.

El señor Cataliades pareció muy convincente en su perplejidad.

—¡Oh, no! —exclamó—. Su Majestad nunca mataría a nadie por quien sintiera tanto cariño.

Vale, ahí venía el segundo bombazo.

—Eh, ¿qué tipo de cariño…? ¿Qué relación tenía la reina con mi prima? —interrogué. Quería asegurarme de que había interpretado correctamente la insinuación.

El señor Cataliades me lanzó una mirada que podría tildarse de antigua.

—La quería mucho —contestó.

Vale, lo había pillado.

Cada territorio vampírico contaba con un rey o una reina, y el título otorgaba un inmenso poder. Pero la reina de Luisiana contaba con un estatus añadido, ya que se asentaba en Nueva Orleans, la ciudad más popular de Estados Unidos para los aficionados a los no muertos. Como el turismo relacionado con los vampiros suponía unos ingresos tan importantes para la ciudad, hasta los humanos de la ciudad hacían caso de los deseos y las exigencias de la reina, aunque fuera de forma oficiosa.

—Si Hadley era la favorita de la reina, ¿quién sería tan idiota como para clavarle una estaca? —pregunté.

—La Hermandad del Sol —respondió Waldo y di un respingo. El vampiro llevaba tanto tiempo callado que había perdido la esperanza de oírle decir nada. Su voz era tan ronca y extraña como su aspecto—. ¿Conoce bien la ciudad?

Negué con la cabeza. Sólo había estado una vez allí, durante una excursión de la escuela.

—¿Está familiarizada, quizá, con los cementerios que llaman Ciudades de los Muertos?

Asentí.

—Sí —dijo Bill.

—Oh, oh —murmuró Bubba. Muchos cementerios de Nueva Orleans tenían criptas que no eran subterráneas porque el nivel del agua en Luisiana del sur era demasiado alto para permitir los típicos sepulcros por debajo del suelo. Esas criptas tienen el aspecto de pequeñas Casas Blancas y, en algunos casos, están decoradas y lucen grabados, razón por la que reciben el nombre de Ciudades de los Muertos. Los cementerios históricos son fascinantes y, a veces, peligrosos. Hay allí depredadores vivos dignos de ser temidos, y se recomienda a los turistas visitar esos lugares en amplios grupos guiados y terminar antes de que caiga la noche.

—Hadley y yo fuimos al conocido como St. Louis Number One aquella noche, justo después de despertarnos, para llevar a cabo un ritual. —El rostro de Waldo era una máscara inexpresiva. La idea de que ese hombre hubiese sido un compañero elegido por mi prima, aunque sólo fuera durante una excursión nocturna, me resultaba sencillamente asombroso—. Saltaron de detrás de las tumbas que nos rodeaban. Los fanáticos de la Hermandad iban armados con artefactos sagrados, estacas y ajo, la parafernalia habitual. Fueron lo suficientemente estúpidos para llevar cruces de oro.

La Hermandad se resistía a creer que hubiese vampiros inmunes a los objetos sagrados, a pesar de la tozuda realidad. Esos objetos funcionaban con los vampiros más antiguos, los que habían sido educados por devotos creyentes. Los vampiros más jóvenes sólo eran vulnerables a las cruces si eran de plata. La plata podía hacer arder a cualquier vampiro. Oh, y las cruces de madera podían surtir algún efecto, siempre que se les atravesase el corazón con ellas.

—Luchamos con arrojo, pero al final eran demasiados y mataron a Hadley. Yo pude escapar con graves heridas de cuchillo. —Su rostro, blanco como el papel, parecía más pesaroso que trágico.

Traté de no pensar en la tía Linda y en lo que habría dicho de saber que su hija se había convertido en vampira. Le habrían afectado más las circunstancias de su muerte: asesinada, en un famoso cementerio que desprendía una atmósfera gótica única y en compañía de aquella criatura grotesca. Por supuesto, toda esa exótica parafernalia no habría destrozado a Linda tanto como el irrefutable hecho de que Hadley había muerto.

Yo no me sentía tan cercana a ella. Había escrito a Hadley por última vez hacía mucho tiempo. Jamás pensé que volvería a verla, así que fui derivando mis emociones hacia cosas más inmediatas. Lo que sí me preguntaba, con dolor, era por qué nunca vino a vernos. Al ser una joven vampira, quizá temía que la sed de sangre surgiese en un momento inoportuno y se la chupase a quien menos debía. Quizá aún se estaba adaptando a su nueva naturaleza; Bill me había dicho una y otra vez que los vampiros ya no son humanos, que sienten emociones por cosas muy diferentes a los humanos. Sus apetitos y su necesidad de secretismo habían cincelado a los vampiros más antiguos de manera irrevocable.

Pero Hadley nunca había tenido que existir sometida a esas normas; la habían convertido después de la Gran Revelación, cuando los vampiros anunciaron su presencia al mundo.

Y la Hadley adolescente, la que peor me caía, no habría caído en manos de alguien como Waldo, ni viva ni muerta. Hadley fue una chica popular en el instituto, y sin duda fue tan humana como para ceder a todos los estereotipos de esa edad. Se metía con los alumnos marginados o sencillamente pasaba de ellos. Su vida orbitaba alrededor de su ropa, su maquillaje y su propia persona.

Fue animadora, hasta que le dio por adoptar una imagen gótica.

—Dijo que estaban en el cementerio para llevar a cabo un ritual. ¿Qué clase de ritual? —le pregunté a Waldo. Necesitaba un poco de tiempo para pensar—. Estoy segura de que Hadley no era ninguna bruja. —Había conocido a una bruja licántropo, pero jamás a una que, además, fuese vampira.

—Existen tradiciones entre los vampiros de Nueva Orleans —explicó el señor Cataliades con cuidado—. Una de ellas establece que la sangre de los muertos puede traer de vuelta a otros muertos, al menos temporalmente. Para mantener una conversación, ya me entiende.

Estaba claro que el señor Cataliades no hablaba por hablar. Tenía que sopesar cada frase que salía de su boca.

—¿Quería Hadley hablar con un muerto? —pregunté, una vez digerida la carga de profundidad.

—Sí —respondió Waldo con su economía de gestos—. Quería comunicarse con Marie Laveau.

—¿La reina del vudú? ¿Por qué? —Cualquiera que viva en Luisiana conoce la leyenda de Marie Laveau, una mujer cuyos poderes mágicos habían fascinado a blancos y negros por igual, en una época en la que las mujeres negras no tenían poder alguno.

—Hadley creía que estaban emparentadas. —Waldo parecía burlarse de la idea.

Vale, tenía claro que se lo estaba inventando.

—¡Vamos, hombre! Marie Laveau era afroamericana, y mi familia es blanca —señalé.

—Eso sería correcto sólo por parte de padre —contestó Waldo con calma.

El marido de la tía Linda, Carey Delahoussaye, era de Nueva Orleans, de ascendencia francesa. Su familia llevaba allí desde hacía varias generaciones. No paraba de jactarse de ello hasta que mi familia se hartó de su orgullo. Me pregunto si el tío Carey sabía que su sangre criolla había recibido el condimento de un poco de ADN afroamericano, en algún momento del pasado. Los únicos recuerdos que tenía del tío Carey eran de cuando era una niña, pero imaginé que ese dato él se lo habría guardado bien en secreto.

Por otra parte, Hadley pensaría que el estar emparentada con la célebre Marie Laveau era genial. Me sorprendí concediendo algo de crédito a Waldo. Pero no podía imaginar de dónde habría sacado Hadley esa información. Por supuesto, tampoco era capaz de verla como lesbiana, pero estaba claro que ése era el camino que ella había escogido. Mi prima Hadley, la animadora, se había convertido en una vampira lesbiana afín al vudú. Las vueltas que da la vida.

Me sentía henchida de información que era incapaz de absorber, pero estaba ansiosa por conocer el resto de la historia. Animé al demacrado vampiro para que continuase.

—Pusimos las tres X en la tumba —siguió Waldo—. Es lo que se hace. Los devotos del vudú creen que eso asegura la concesión del deseo. Luego, Hadley se cortó a sí misma y vertió la sangre sobre la lápida mientras pronunciaba las palabras mágicas.

—Abracadabra, por favor y gracias —dije automáticamente, y Waldo me atravesó con la mirada.

—No deberías burlarte —contestó. Salvo algunas notables excepciones, los vampiros no son conocidos por su sentido del humor, y Waldo era definitivamente de los serios. No apartó de mí sus ojos enmarcados en rojo.

—¿De verdad es una tradición, Bill? —pregunté. Ya no me importaba que los dos de Nueva Orleans supieran que no confiaba en ellos.

—Sí —me confirmó Bill—. Nunca lo he intentado personalmente porque creo que hay que dejar a los muertos en paz. Pero lo he visto hacer.

—¿Y funciona? —Estaba asombrada.

—Sí, a veces.

—¿Le funcionó a Hadley? —pregunté a Waldo. Su mirada seguía sin ser muy amistosa.

—No —siseó—. Sus intenciones no eran lo bastante puras.

—¿Y esos fanáticos estaban escondidos detrás de las tumbas para echarse encima de vosotros, así, sin más?

—Sí —respondió Waldo—, ya te lo he dicho.

—¿Y tú, con tu olfato y oído vampíricos, no sabías que estabais rodeados de gente? —A mi izquierda, Bubba se estremeció. Incluso un vampiro tan corto de luces y apresuradamente convertido como él podía ver el sentido de mi pregunta.

—Puede que supiera que había gente —contestó Waldo altivamente—, pero es bien conocido que esos cementerios se llenan de criminales y prostitutas por la noche. No pude distinguir quiénes hacían qué sonidos.

—Waldo y Hadley eran los favoritos de la reina —explicó el señor Cataliades, tratando de poner orden. Su tono indicaba que cualquiera que fuese favorito de la reina estaba por encima de todo reproche. Pero no era lo que decían sus palabras. Lo observé de forma pensativa, al tiempo que notaba que Bill se deslizaba junto a mí. No éramos almas gemelas, pensaba, ya que nuestra relación no salió bien, pero en los momentos más extraños parecíamos pensar de la misma manera, y ése era uno de ellos. Por una vez, deseé poder leerle la mente; aunque su mejor recomendación como amante fue que no lo hiciese. Las cosas no son fáciles para los telépatas en cuanto al amor. De hecho, el señor Cataliades era el único de la escena cuyo cerebro podía captar, y no era nada humano.

Se me pasó por la cabeza preguntarle qué era, pero me parecía poco adecuado. En vez de ello, le pedí a Bubba que trajese algunas sillas plegables de jardín para que todos pudiésemos sentarnos. Mientras tanto, fui a casa a calentar tres botellas de TrueBlood para los vampiros y puse a enfriar un refresco de limón para el señor Cataliades, que se mostró encantado con la oferta.

Mientras estaba en casa, de pie frente al microondas, contemplándolo como si fuera una especie de oráculo, se me pasó por la cabeza echar los pestillos y dejar que arreglaran sus cosas fuera. Tenía un ominoso sentido del cariz que estaba tomando la noche, y tuve la tentación de dejar que adoptara su curso sin mí. Pero Hadley había sido mi prima. Se me antojó descolgar su foto de la pared y echarle una mirada de cerca.

Todas las fotos que había colgado mi abuela seguían en el mismo sitio; a pesar de su muerte, yo seguía creyendo que la casa era suya. La primera foto era de Hadley a los seis años, con un solo diente presidiéndole la boca. Sostenía un gran dibujo de un dragón. La volví a colgar junto a otra imagen suya a los diez, delgaducha y con trenzas, rodeándonos a Jason y a mí con los brazos. Al lado había otra foto que había tomado el fotógrafo de la parroquia cuando Hadley fue coronada como Miss Bon Temps. A los quince años estaba radiante y feliz con su vestido blanco con lentejuelas, alquilado, la brillante corona sobre la cabeza y las flores en sus brazos. La última la habían sacado durante su penúltimo año universitario. Por aquel entonces, Hadley había empezado a consumir drogas y había adoptado una estética absolutamente gótica: mucho maquillaje en los ojos, pelo negro y labios carmesí. El tío Carey había abandonado a la tía Linda algunos años antes, regresando con su orgullosa familia de Nueva Orleans. Cuando Hadley decidió marcharse también, la tía Linda empezó a sentirse mal. Pocos meses después de su huida, al fin conseguimos que fuese a ver a un médico, y descubrió que tenía cáncer.

En los años que pasaron desde entonces, en más de una ocasión me he preguntado si Hadley supo alguna vez que su madre estaba enferma. Para mí suponía una gran diferencia. No era comparable no venir sabiendo que estaba mala y no hacerlo sin saber nada. Ahora que sabía que había cruzado la línea para convertirse en una muerta en vida, se me dibujaba una nueva opción. Quizá lo sabía, pero sencillamente no le importaba.

Me pregunto quién le diría que quizá descendiera de Marie Laveau. Debía de tratarse de alguien con tiempo para investigar a fondo y sonar convincente, alguien que hubiese estudiado a mi prima lo suficiente como para saber cuánto habría disfrutado con la chispa de saberse emparentada con una mujer tan famosa.

Saqué las bebidas en una bandeja y nos sentamos en círculo sobre mis sillas de jardín. Era una reunión de lo más extraña: el señor Cataliades, una telépata y tres vampiros (aunque uno de ellos era tan corto como podía serlo un vampiro que siguiera llamándose no muerto).

Cuando me senté, el señor Cataliades me pasó un montón de papeles y los hojeé. Las luces exteriores eran ideales para pasar el rastrillo, pero dejaban mucho que desear para la lectura. Los ojos de Bill eran veinte veces más agudos que los míos, así que le pasé los papeles a él.

—Tu prima te ha dejado algo de dinero y el contenido de su apartamento —me informó Bill—. También eres su albacea.

Me encogí de hombros.

—Vale —dije. Sabía que Hadley no podía tener demasiado. Los vampiros son muy buenos amasando huevos en sus nidos, pero Hadley no podía llevar mucho tiempo como vampira.

El señor Cataliades arqueó sus cejas casi invisibles.

—No parece muy emocionada.

—Estoy más interesada en saber cómo le alcanzó la muerte definitiva.

Waldo parecía ofendido.

—Ya he descrito las circunstancias. ¿Quiere un relato de la lucha golpe a golpe? No fue nada agradable, se lo aseguro.

Lo observé durante un instante.

—¿Y a ti qué te pasó? —solté. Era un poco brusco preguntarle a alguien qué demonios le había dejado un aspecto tan extraño, pero el sentido común me decía que había más. Tenía una obligación hacia mi prima, al margen de cualquier herencia que me hubiera legado. Quizá por ello, precisamente, Hadley me había dejado algo en su testamento. Sabía que haría preguntas y que mi hermano, Dios lo cuide, no.

La ira se hizo patente en las facciones de Waldo y luego pareció que se hubiese aplicado un borrador de emociones. Los trazos de su cara se relajaron bajo la piel blanca como el papel. Sus ojos también se calmaron.

—Cuando era humano, era albino —contestó Waldo con sequedad, y sentí cómo me sacudía las rodillas un malestar por haber curioseado en la tara de alguien. Justo cuando iba a disculparme, el señor Cataliades volvió a intervenir.

—Y, por supuesto —dijo el hombretón lisamente—, ha sido castigado por la reina.

Esta vez, Waldo no contuvo su mirada.

—Sí —afirmó finalmente—. La reina me sumergió en un tanque durante varios años.

—¿Un tanque de qué? —Estaba totalmente perdida.

—De solución salina —aclaró Bill con mucha tranquilidad—. He oído hablar de ese castigo. Por eso tiene las arrugas, como puedes ver.

Waldo fingió no oír a Bill, pero Bubba se quedó boquiabierto.

—Sí que tienes arrugas, tío, pero no te preocupes. A las nenas les gustan los tíos diferentes.

Bubba era un vampiro amable y bienintencionado.

Imaginé estar en un tanque lleno de agua de mar durante años. Luego procuré dejar de hacerlo. Me preguntaba qué había hecho para merecer un castigo así.

—¿Y eras uno de sus favoritos? —pregunté.

Waldo asintió con cierta dignidad.

—Tuve ese honor.

Esperaba no recibir nunca un honor así.

—¿Y Hadley también?

La expresión de Waldo permaneció plácida, aunque un músculo se le tensó en la mandíbula.

—Durante un tiempo.

El señor Cataliades intervino:

—La reina estaba complacida con el entusiasmo y el afán, casi infantil, de Hadley. Ella era una más de una serie de favoritos. Con el tiempo, el favor de la reina habría recaído en otra persona, y Hadley habría tenido que buscarse otro lugar en el séquito de la reina.

Waldo parecía complacido por la idea y asintió.

—Así funciona.

No alcanzaba a comprender por qué debería preocuparme, pero Bill hizo un leve movimiento que ahogó de inmediato. Lo vi por el rabillo del ojo y supe que no quería que abriese la boca. Una pena; tampoco pensaba hacerlo.

—Claro que su prima era algo diferente con respecto a sus predecesores, ¿no lo crees, Waldo? —preguntó el señor Cataliades.

—No —respondió Waldo—. Con el tiempo, habría sido como antes. —Me dio la sensación de que se mordía el labio para no seguir hablando; una maniobra poco inteligente en un vampiro. Se le fue formando perezosamente una gota roja—. La reina se habría cansado de ella con el tiempo, lo sé. Era su juventud, el hecho de que fuese una de las nuevas vampiras que nunca habían conocido las sombras. Cuando vuelvas a Nueva Orleans, díselo a nuestra reina, Cataliades. Si no hubieras mantenido subida la mampara durante el viaje, podríamos haberlo discutido mientras conducía. No tienes por qué evitarme como si fuese un leproso.

El señor Cataliades se encogió de hombros.

—No me apetecía contar con tu compañía —dijo—. Ahora ya no sabremos cuánto tiempo habría sido Hadley la favorita de la reina, ¿no crees, Waldo?

Tenía la sensación de que estábamos llegando a alguna parte, y que lo hacíamos guiados por los empujoncitos del compañero de Waldo, el señor Cataliades. Me preguntaba por qué. De momento, me limitaría a seguirle la corriente.

—Hadley era realmente guapa —argumenté—. Quizá la reina le otorgase un puesto permanente.

—Las chicas guapas saturan el mercado —dijo Waldo—. Estúpidos humanos. No saben lo que nuestra reina podría hacer con ellos.

—Si ella quisiera —murmuró Bill—. Si Hadley hubiese tenido la destreza necesaria para satisfacer a la reina y el encanto de Sookie, habría sido una feliz favorita durante años.

—Y supongo que a ti te darían una patada en el trasero, Waldo —añadí prosaicamente—. Así que, dime, ¿de verdad había fanáticos en ese cementerio? ¿O era sólo un fanático delgaducho y lleno de arrugas, celoso y desesperado?

De repente, todos estábamos de pie. Todos, excepto el señor Cataliades, que estaba echando mano de su maletín.

Ante mis ojos, Waldo se convirtió en algo menos humano si cabe. Sus colmillos se estiraron del todo y los ojos se le pusieron rojos. Se volvió incluso más delgado, retorciéndose sobre sí mismo, delante de mí. A mi lado, Bill y Bubba también se transformaron. No quería mirarlos cuando se enfadaban. Ver a los amigos cambiar así es incluso peor que ver cómo lo hacen los enemigos. Su modo de absoluta agresividad era aterrador.

—No puedes acusar a un siervo de la reina —dijo Waldo con un siseo.

Entonces, el señor Cataliades demostró que también contaba con ases en la manga, como si yo lo hubiera dudado. Con un rápido movimiento, se levantó de la silla plegable y echó un lazo de plata a la cabeza de Waldo. Era lo suficientemente ancho para abarcarle los hombros. Con una elegancia que me desconcertó, lo estrechó en el momento más crítico, apresando los brazos de Waldo a ambos lados del tronco.

Pensé que Waldo entraría en frenesí, pero el vampiro me sorprendió permaneciendo quieto.

—Morirás por esto —amenazó Waldo al redondo hombretón, y el señor Cataliades le dedicó una sonrisa.

—No lo creo —dijo—. Tenga, señorita Stackhouse.

Lanzó algo en mi dirección y, con mayor rapidez de la que mis ojos fueron capaces de asimilar, la mano de Bill lo interceptó en el aire. Ambos contemplamos lo que sostenía. Estaba pulida, afilada y era de madera: una sólida estaca.

—¿Qué hago con esto? —le pregunté al señor Cataliades, acercándome a la larga limusina negra.

—Mi querida señorita Stackhouse, la reina insistió en que el placer fuese suyo.

Waldo, que había estado mirando a todo el mundo con gran desafío, pareció desinflarse cuando oyó lo que Cataliades acababa de decir.

—Ella lo sabe —murmuró el vampiro albino, con un tono de voz que sólo podría describirse como «con aliento entrecortado». Me estremecí. Amaba a su reina. La amaba de verdad.

—Sí —confirmó el hombretón, casi con sentimiento—. Envió a Valentine y a Charity al cementerio en cuanto irrumpiste con las noticias. No hallaron rastro de ataque humano en los restos de Hadley. Sólo tu olor, Waldo.

—Me ha mandado aquí contigo —dijo Waldo, casi en un susurro.

—Nuestra reina quería que la familia de Hadley gozara del derecho de ejecución —nos informó el señor Cataliades.

Me acerqué a Waldo hasta donde me fue posible. La plata lo había debilitado, pero imaginaba que tampoco se hubiera resistido de no estar atrapado en una cadena cuyo metal no toleraban los de su especie. Parte de su ardor había desaparecido, si bien estiró el labio superior para mostrar los colmillos cuando apoyé la punta de la estaca en su pecho. Pensé en Hadley y me pregunté si habría hecho lo mismo de estar en mi lugar.

—¿Podrá conducir la limusina, señor Cataliades?

—Sí, señorita, podré.

—¿Y llegar así hasta Nueva Orleans?

—Ésa era mi idea.

Apreté la madera hasta que supe que le hacía daño. Tenía los ojos cerrados. No era la primera vez que empalaba a un vampiro, pero había sido para salvar mi vida y la de Bill. Waldo era una criatura lamentable. No desprendía nada de drama o romanticismo. Era sencillamente depravado. Estaba segura de que era capaz de causar indecibles males si la situación lo demandaba, tanto como que había matado a mi prima Hadley.

—Yo lo haré por ti, Sookie —dijo Bill. Su voz era suave y fría, como siempre, y noté la gelidez de su mano sobre mi hombro.

—Puedo ayudar —se ofreció Bubba—. Usted lo haría por mí, señorita Sookie.

—Tu prima era una puta —insultó Waldo inesperadamente. Lo miré a los rojos ojos.

—Supongo que sí —admití—. Pero creo que no puedo matarte sin más. —La mano que sostenía la estaca cayó a un lado.

—Tienes que matarme —ordenó Waldo con segura arrogancia—. La reina me ha enviado aquí para morir.

—Tendré que enviarte de vuelta a la reina —dije—. No puedo hacerlo.

—Dile a tu chulo que lo haga; lo está deseando.

Bill parecía más vampiro por momentos, y me arrancó la estaca de los dedos.

—Quiere que lo matemos, Bill —dije.

Bill parecía perplejo, al igual que Bubba. El redondo rostro del señor Cataliades, sin embargo, parecía inescrutable.

—Trata de asustarnos o enfadarnos lo suficiente para que lo matemos, porque no es capaz de hacerlo él mismo —continué—. Está seguro de que la reina le hará cosas mucho peores que yo. Y tiene razón.

—La reina quería hacerle el regalo de la venganza —señaló el señor Cataliades—. ¿Es que no quiere aceptarlo? Es posible que no se ponga muy contenta cuando vea que lo envía de vuelta.

—Es problema suyo —respondí—, ¿no?

—También podría ser un problema muy tuyo —avisó Bill en voz baja.

—Pues vaya por Dios... —dije—. Usted... —Hice una pausa. No quería arrepentirme de lo que iba a decir—. Usted ha sido muy amable al traer a Waldo hasta aquí, señor Cataliades, y también muy inteligente al dirigirme hacia la verdad. —Respiré hondo y medité—. Agradezco que haya traído el papeleo legal, que revisaré en cuanto tenga un momento más tranquilo. —Pensaba que había cubierto todos los frentes—. Ahora, si es tan amable de abrir el maletero, pediré a Bill y a Bubba que lo metan ahí. —Sacudí la cabeza hacia el vampiro cautivo que se mantenía en silencio a menos de un metro.

En ese instante, cuando estábamos todos pensando en otra cosa, Waldo se me echó encima, con las mandíbulas desencajadas y los colmillos de una serpiente por delante. Me eché hacia atrás, pero supe que no sería suficiente. Esos colmillos me desgarrarían el cuello y me desangraría allí mismo, en mi propio jardín. Pero Bill y Bubba no estaban apresados en plata y, con una celeridad aterradora, agarraron al antiguo vampiro y lo redujeron en el suelo. En menos de un parpadeo, el brazo de Bill se alzó y cayó, y Waldo contempló la estaca hundida en su pecho con profunda satisfacción. Un segundo después, sus ojos se hundieron en las cuencas y su delgado cuerpo inició el proceso de desintegración. No es necesario enterrar a un vampiro muerto definitivamente.

Durante un interminable momento, permanecimos petrificados; el señor Cataliades estaba de pie, yo sentada en el suelo y Bubba y Bill arrodillados junto a los restos que habían sido Waldo.

Luego, la puerta de la limusina se abrió, y antes de que el señor Cataliades pudiera correr en su ayuda, la reina de Luisiana salió del vehículo.

Era preciosa, por supuesto, pero no al estilo de las princesas de los cuentos de hadas. No sabía qué esperaba, pero no algo así. Mientras Bill y Bubba se incorporaban a toda prisa y describían una profunda reverencia, le eché una buena mirada. Lucía un vestido de noche muy caro y tacones altos. Su pelo era de un intenso castaño rojizo. Por supuesto, era pálida como la leche, pero sus ojos eran grandes, rasgados y casi del mismo castaño que el pelo. Tenía las uñas pintadas de rojo y, por alguna razón, aquello se me hizo extraño. No llevaba puesta ninguna alhaja.

Ahora comprendía por qué el señor Cataliades había mantenido subida la mampara durante el viaje. Y estaba segura de que la reina tenía más de una forma de ocultar su presencia a los sentidos de Waldo, aparte de la vista.

—Hola —saludé, insegura—. Soy…

—Sé quién eres —contestó. Tenía un ligero acento; pensé que podía ser francés—. Bill. Bubba.

Bueno, hasta ahí la conversación de cortesía. Resoplé y cerré la boca. De nada servía hablar hasta que explicase su presencia. Bill y Bubba permanecían erguidos. Bubba sonreía. Bill no.

La reina me examinó de los pies a la cabeza de un modo que me resultó francamente grosero. Como era la reina, seguro que era una vampira muy antigua, y los más antiguos, los que buscaban el poder en la infraestructura vampírica, eran los más temibles. Hacía tanto que había sido humana, que a buen seguro no le quedaban muchos recuerdos de ese pasado suyo.

—No entiendo por qué tanto alboroto —dijo, encogiéndose de hombros.

Mis labios se tensaron. No podía evitarlo. La sonrisa se extendió por mi cara y traté de ocultarla con la mano. La reina me miró interrogativamente.

—Sonríe cuando está nerviosa —explicó Bill.

Era cierto, pero ésa no era la razón por la que sonreía en ese momento.

—Ibas a enviarme de vuelta a Waldo para que yo lo torturase y lo matase —me dijo la reina. Su expresión era bastante neutra. No sabía si lo aprobaba o no, si pensaba que había sido lista o tonta de remate.

—Sí —confirmé. La respuesta más corta era, sin duda, la mejor.

—Te forzó la mano.

—Ajá.

—Me tenía demasiado miedo como para arriesgarse a volver a Nueva Orleans con el señor Cataliades.

—Sí. —Se me empezaban a dar bien las respuestas monosilábicas.

—Me pregunto si sabías todo esto de antemano.
—Decir que sí no sería la respuesta más adecuada en ese momento, así que guardé silencio—. Lo acabaré sabiendo —aseguró con absoluta certeza—. Volveremos a vernos, Sookie Stackhouse. Me gustaba tu prima, pero hasta ella fue lo bastante necia como para ir a un cementerio con la única compañía de su peor enemigo. Contaba demasiado con el poder de mi nombre para protegerla.

—¿Llegó a contarle Waldo si finalmente Marie Laveau volvió de entre los muertos? —pregunté, demasiado abrumada por la curiosidad como para dejarla sin respuesta.

Se disponía a entrar en el coche cuando lo dije, y se detuvo con un pie dentro. Cualquier otro habría parecido un poco tonto en esa posición, pero no la reina de Luisiana.

—Interesante —dijo—. No, la verdad es que no. Cuando vengáis a Nueva Orleans, Bill y tú podéis repetir el experimento.

Iba a señalar que, a diferencia de Hadley, yo no estaba muerta, pero tuve el sentido común de mantener la boca cerrada. Podría haber ordenado que me convirtiese en vampira, y me aterraba la idea de que Bill y Bubba me forzasen a hacerlo. Era un pensamiento demasiado horrible, así que me limité a sonreír.

Cuando la reina se acomodó en la limusina, el señor Cataliades me dedicó una reverencia.

—Ha sido un placer, señorita Stackhouse. Si tiene alguna pregunta acerca de la propiedad de su prima, llame al número que figura en mi tarjeta de visita. Está junto a los demás papeles.

—Gracias —contesté, desconfiando de mí misma si decía algo más. Además, las respuestas monosilábicas nunca hacen daño. Waldo se había desintegrado casi del todo. Quedarían algunos trozos suyos por mi jardín durante un tiempo. Qué asco. «¿Dónde está Waldo? Por todo mi jardín», podría decir si me preguntaban.

Había sido definitivamente una noche demasiado larga para mí. La limusina salió de mi jardín. Bill posó su mano en mi mejilla, pero no se acercó. Me sentía agradecida por que hubiese venido, y así se lo hice saber.

—No deberías correr peligro —dijo. Tenía la costumbre de usar una palabra que cambiaba el sentido de sus afirmaciones y las volvía ambiguas y preocupantes. Sus ojos negros eran pozos insondables. Pensé que jamás llegaría a comprenderlo.

—¿Lo he hecho bien, señorita Sookie? —preguntó Bubba.

—Lo has hecho genial, Bubba —le contesté—. Hiciste lo correcto sin que siquiera tuviese que pedírtelo.

—Sabía desde el principio que estaba en la limusina —dijo Bubba—. ¿Verdad, señorita Sookie?

Bill me miró, desconcertado. No lo miré a los ojos.

—Sí, Bubba —contesté con dulzura—. Lo sabía. Antes de que Waldo bajara, escuché con mi otro sentido y detecté dos vacíos en la limusina. —Eso sólo podía significar que había dos vampiros, así supe que el señor Cataliades iba acompañado en la parte de atrás.

—Pero actuaste como si ella no estuviese. —Bill no parecía alcanzar a comprenderlo. Quizá pensaba que no había aprendido nada desde que lo dejé—. ¿Ya sabías que Waldo intentaría agredirte?

—Tenía la sospecha. No quería volver con ella.

—Entonces… —Bill me agarró de los brazos y me miró—. ¿Querías que muriese definitivamente o pretendías enviarlo de vuelta con la reina?

—Sí —dije.

Las respuestas monosilábicas nunca hacen daño.

AFORTUNADAS

Amelia Broadway y yo nos estábamos pintando las uñas de los pies la una a la otra cuando mi agente de seguros llamó a la puerta principal. Yo había optado por Rosas en Hielo, mientras que Amelia prefirió el Glaseado loco de cerezas de Borgoña. Ella ya había acabado con mis pies y a mí me quedaban tres dedos de su pie izquierdo cuando Greg Aubert nos interrumpió.

Amelia llevaba viviendo conmigo varios meses, y era agradable compartir la vieja casa con alguien. Amelia es una bruja de Nueva Orleans. Estaba conmigo porque había sufrido una desgracia mágica y no quería que ninguno de sus compañeros de gremio en la ciudad se enterase. Además, desde lo del Katrina, no tiene muchas razones para volver a casa, al menos durante un tiempo. Mi pequeña ciudad de Bon Temps estaba hasta arriba de refugiados.

Greg Aubert ya había venido a mi casa una vez, cuando un incendio la dañó considerablemente. Hasta donde yo sabía, no tenía ninguna necesidad más relacionada con el seguro. Confieso que sentía bastante curiosidad por la razón de su visita.

Amelia alzó la mirada hacia Greg, halló su pelo arenoso y gafas sin montura carentes de interés, y siguió pintándose la uña del dedo pequeño mientras yo le invitaba a sentarse.

—Greg, te presento a mi amiga, Amelia Broadway —dije—. Amelia, éste es Greg Aubert.

Amelia observó a Greg con más interés. Le había dicho que se trataba de un colega suyo, en algunos aspectos. La madre de Greg había sido bruja, y él había encontrado gran utilidad en el uso de sus artes para proteger a sus clientes. Ningún coche se aseguraba en la agencia de Greg sin antes pasar por un conjuro suyo. Yo era la única en Bon Temps al tanto de su pequeño talento. La brujería no es muy popular en nuestra pequeña y devota ciudad. Greg siempre regalaba a sus clientes una pata de conejo para que la dejasen en sus casas o coches nuevos.

Tras rechazar la obligada oferta de un té helado, agua o refresco, Greg se sentó en el borde de la silla mientras yo recuperaba mi asiento en el extremo del sofá. Amelia estaba en el otro.

—He sentido los conjuros de protección mientras subía con el coche —le comentó Greg a Amelia—. Muy impresionante. —Se esforzaba sobremanera para mantener los ojos lejos de mi camiseta de tirantes. Me habría puesto un sujetador de saber que tendríamos visita.

Amelia procuró parecer indiferente, e incluso puede que se hubiera encogido de hombros si no hubiera tenido entre manos el frasco de pintaúñas. Amelia, morena y atlética, de pelo castaño, corto y brillante, no sólo está satisfecha con su aspecto, sino también con sus habilidades mágicas.

—No es nada del otro mundo —respondió con una modestia poco convincente. Pero le lanzó una sonrisa.

—¿En qué puedo ayudarte, Greg? —pregunté. Tenía que estar en el trabajo dentro de una hora, y aún debía cambiarme y hacerme la coleta.

—Necesito tu ayuda —solicitó, mirándome bruscamente a la cara.

No se iba por las ramas.

—Vale, ¿cómo? —Si él podía ser directo, no veía por qué yo no.

—Alguien está saboteando mi agencia —contestó. Su voz adquirió una repentina pasión, y me di cuenta en ese momento de que Greg estaba a punto de derrumbarse. No emitía tan nítidamente como Amelia (podía leer sus pensamientos con la misma claridad que si los pronunciase de viva voz), pero captaba sin problemas el fondo.

—Cuéntanos —dije, porque Amelia no podía leerle la mente.

—Oh, gracias —continuó, dando por hecho que yo hubiese accedido ya a algo. Abrí la boca para corregir esa idea, pero siguió hablando—. La semana pasada fui a la oficina y descubrí que alguien había estado registrando los archivos.

—¿Marge Barker sigue trabajando para ti?

Asintió. Un rayo de sol arrancó un destello a sus gafas. Era octubre, y aún hacía calor en el norte de Luisiana. Greg se sacó un pañuelo blanco y se lo pasó por la frente.

—Tengo a mi mujer, Christy; viene tres días a la semana a media jornada. Marge está a jornada completa.
—Christy, la mujer de Greg, era tan dulce como amarga resultaba Marge.

—¿Cómo sabes que alguien ha estado registrando los archivos? —preguntó Amelia. Cerró el frasco de pintaúñas y lo dejó sobre la mesa de centro.

Greg cogió aire.

—Llevo un par de semanas sospechando que alguien entra en la oficina de noche, pero nunca falta nada. Tampoco hay nada cambiado de sitio. Mis protecciones están intactas. Pero hace dos días vi que uno de los cajones de nuestro archivo estaba abierto. Por supuesto, los cerramos todos por la noche —dijo—. Tenemos uno de esos muebles que cierra todos los cajones cuando echas la llave en el más alto. Casi todos los archivos de nuestros clientes estuvieron en peligro. Pero, cada día, Marge se encarga de cerrar con llave a última hora de la tarde. ¿Y si alguien sospecha... lo que hago?

Era evidente que eso estaba retorciendo las entrañas de Greg.

—¿Le preguntaste a Marge si se acordó de echar la llave?

—Por supuesto. Se puso como una fiera, ya la conoces, y me aseguró que lo hizo. Mi mujer había trabajado esa tarde, pero no recordaba haber visto a Marge cerrar con llave. Terry Bellefleur se dejó caer a última hora para comprobar, una vez más, la poliza de su maldito perro. Pudo haberla visto cerrar.

Greg estaba tan irritado que me sorprendí defendiendo a Terry.

—Greg, a Terry no le gusta ser como es, ya lo sabes —comenté, intentando sacar una voz amable—. Quedó muy fastidiado luchando por nuestro país, y tenemos que dejarle un poco de manga ancha.

Por un instante, Greg parecía un cascarrabias. Luego se relajó.

—Lo sé, Sookie —dijo—. Es que últimamente no para con el perro.

—¿Qué le ha pasado? —preguntó Amelia. Si lo mío son momentos de curiosidad, lo de Amelia son imperativos. Quiere saberlo todo de todo el mundo. La telepatía tenía que haberle tocado a ella, no a mí. Probablemente habría disfrutado con ella, en vez de considerarla una minusvalía.

—Terry Bellefleur es el primo de Andy —expliqué. Sabía que Amelia había conocido a Andy, el inspector de policía, en el Merlotte's—. Se pasa después del cierre a echar una mano limpiando el bar. A veces sustituye a Sam.

Aunque puede que no durante las pocas noches que trabajaste allí. —Amelia también echaba una mano en el bar de vez en cuando—. Terry luchó en Vietnam, fue capturado y lo pasó bastante mal. Tiene muchas cicatrices, interiores y exteriores. Y lo de los perros es que a Terry le encantan los de caza y no para de comprarse esos caros catahoulas, por mucho que siempre les pasen cosas. Su perra acaba de tener cachorros. Y está como loco porque cree que les puede pasar algo a la perra y a los pequeños.

—¿Quieres decir que Terry es un poco inestable?

—Tiene sus momentos —respondí—. A veces está como si nada.

—Oh —dijo Amelia. Sólo faltaba que se le encendiese una bombilla sobre la cabeza—. ¿Es el tipo con el pelo largo castaño en vías de blanqueo e incipientes entradas? ¿Con cicatrices en la mejilla? ¿Y una camioneta grande?

—El mismo —confirmé.

Amelia se volvió hacia Greg.

—Has dicho que llevas un par de semanas con la mosca detrás de la oreja… ¿No podría tratarse de tu mujer o esa tal Marge?

—Mi mujer y yo estamos juntos todas las tardes, a menos que tengamos que llevar a los niños a sitios diferentes. Y no se me ocurre por qué iba Marge a volver a la oficina por la noche. Se pasa allí todo el tiempo, cada día, y a menudo sola. Bueno, los conjuros que protegen el edificio parecen intactos. Pero no dejo de volver a lanzarlos.

—Háblame de tus conjuros —pidió Amelia, llegando a su parte favorita.

Greg y ella se pusieron a hablar de conjuros durante unos minutos, mientras yo escuchaba sin comprender gran cosa. Ni siquiera comprendía sus pensamientos.

Entonces Amelia preguntó:

—¿Qué quieres, Greg? Quiero decir, ¿por qué has venido a vernos?

En realidad había venido verme a mí, pero no me importaba ser parte de ese «nosotras».

Greg paseó la mirada entre Amelia y yo y dijo:

—Quiero que Sookie averigüe quién ha abierto los archivos y por qué. He trabajado mucho para convertirme en el mejor agente de Pelican State en esta parte de Luisiana, y no quiero que nadie me fastidie el negocio ahora. Mi hijo está a punto de irse a Rhodes, en Memphis, y no es barato.

—¿Por qué yo en vez de la policía?

—No quiero que nadie descubra lo que soy —contestó, azorado pero decidido—. Y cabe la posibilidad de que la policía husmee en mi despacho. Además, ya sabes, Sookie, te conseguí un trato inmejorable por lo de tu cocina.

Un pirómano me había incendiado la cocina hacía varios meses. Acababa de renovarla.

—Greg, ése es tu trabajo —señalé—. No veo por qué tiene que entrar aquí la gratitud.

—Bueno, cuento con cierto grado de discreción en casos de piromanía —dijo—. Le podría haber di-

121

cho a la central que pensaba que lo habías provocado tú misma.

—No habrías hecho eso —contesté con calma, aunque empezaba a ver un aspecto de Greg que no me gustaba nada. A Amelia sólo le faltaba resoplar fuego por la nariz. Pero yo sabía que Greg se arrepintió de lo que había dicho nada más hacerlo.

—No —confirmó, mirándose las manos—. Supongo que no. Lamento haber dicho eso, Sookie. Me da mucho miedo que alguien le cuente a toda la ciudad lo que hago, por qué la gente que aseguro es tan... afortunada. ¿Podrías ver si averiguas algo?

—Trae a tu familia a cenar al bar esta noche y a ver qué escucho —propuse—. Eso es lo que quieres, ¿no? Sospechas que tu familia pueda estar involucrada. O tus empleados.

Asintió con aspecto desgraciado.

—Trataré da pasarme mañana para hablar con Marge. Le diré que querías que me acercase.

—Sí, a veces llamo a la gente con el móvil y le pido que se pase —dijo—. Marge lo creerá.

—¿Y qué hago yo? —preguntó Amelia.

—Bueno, ¿podrías acompañarla? —pidió Greg—. Sookie puede hacer cosas que tú no y viceversa. A lo mejor entre las dos...

—Vale —aceptó Amelia, dando a Greg el beneficio de su amplia y embriagadora sonrisa. Su padre debió de pagar una fortuna por la impoluta y perfecta sonrisa de Amelia Broadway, bruja y camarera.

El gato Bob llegó justo en ese momento, como si se acabase de dar cuenta de que teníamos invitados. Bob saltó sobre la silla junto a Greg y lo examinó minuciosamente.

Greg miró a Bob con la misma intensidad.

—¿Has hecho algo que no debías, Amelia?

—Bob no tiene nada de raro —respondió ella, lo cual era esencialmente cierto. Cogió al gato blanco y negro en brazos y le acarició el suave pelaje—. No es más que un viejo gran gato. ¿No es así, Bob? —Le alivió que Greg no insistiera en el tema. Se levantó para marcharse.

—Agradeceré cualquier cosa que podáis hacer para ayudarme —aseguró. Con un abrupto cambio a su lado profesional, añadió—: Aquí tenéis una pata de conejo extra. —Rebuscó en su bolsillo y me tendió un pequeño montón de piel falsa.

—Gracias —dije, y decidí dejarla en mi dormitorio. No me vendría mal un poco de suerte en ese sentido.

En cuanto Greg se fue, me puse mi ropa de trabajo (pantalones negros, camiseta de cuello de barco con la palabra «MERLOTTE'S» bordada en el pecho), me cepillé la melena rubia, me la recogí en una coleta y me fui al bar, con unas sandalias Teva para lucir mis preciosas uñas pintadas. Amelia, que no tenía previsto trabajar esa noche, dijo que quizá fuese a echar un ojo a la agencia de seguros.

—Ten cuidado —le recomendé—. Si hay alguien merodeando por ahí, procura no meterte en problemas.

—Lo desintegraré con mis increíbles poderes mágicos —contestó, medio en broma. Amelia tenía en alta estima sus propias habilidades, lo que desembocaba en errores como Bob. En su momento, había sido un espigado joven brujo, guapo desde un punto de vista poco convencional. Tras pasar la noche con Amelia, Bob había sido víctima de uno de sus intentos menos exitosos de llevar a cabo un poderoso conjuro—. Además, ¿quién iba a querer colarse en una agencia de seguros? —se apresuró a decir, leyendo las dudas que desprendían mi rostro—. Todo esto es una ridiculez. Pero quiero comprobar la magia de Greg y ver si la han alterado.

—¿Puedes hacer eso?

—Eh, pura rutina.

***

Para mi alivio, el bar estaba tranquilo aquella noche. Era miércoles, día con poco trabajo a la hora de la cena, ya que es el que escogen muchos de los ciudadanos de Bon Temps para ir a la iglesia. Sam Merlotte, mi jefe, estaba ocupado contando cajas de cerveza en el almacén cuando llegué; así de poca gente había. Las camareras de servicio se estaban sirviendo sus propias bebidas.

Metí mi bolso en el cajón que deja Sam para las camareras y luego salí a la sala para hacerme cargo de mis mesas. La compañera a la que relevaba, una refugiada del Katrina a la que apenas conocía, me saludó con la mano y se fue.

Al cabo de una hora, apareció Greg Aubert con su familia, tal como había prometido. Cada uno elige la mesa que quiere en el Merlotte's, así que yo le hice un sutil gesto con la cabeza para que escogieran una de las mías. Padre, madre y dos adolescentes, la familia nuclear. Christy, la mujer de Greg, tenía el pelo claro como él, y también llevaba gafas. Tenía un aceptable cuerpo de mediana edad y nunca sobresalió en nada particular. El pequeño Greg (así lo llamaban) medía varios centímetros más que su padre, pesaba como diez kilos más que él y tenía unos diez puntos de cociente intelectual más. Un chico muy bueno con los libros. Pero, al igual que la mayoría de chavales de diecinueve años, bastante torpe en cuanto al mundo que lo rodeaba. Lindsay, la hija, se había aclarado el pelo cinco tonos y se había embutido en una ropa que era, al menos, una talla menor que la suya. No veía la hora de dejar a la familia para encontrarse con su novio secreto.

Mientras anotaba su pedido, descubrí que (a) Lindsay tenía la idea equivocada de que se parecía a Christina Aguilera, (b) el pequeño Greg creía que nunca se dedicaría a los seguros porque era un aburrimiento, y (c) Christy pensaba que Greg podría estar interesado en otra mujer porque últimamente estaba muy distraído. Como os imaginaréis, hace falta mucho trabajo mental para separar sus pensamientos de lo que dicen con la boca, lo que da pie a la entrenada sonrisa que a menudo esbozo; la sonrisa que ha hecho que algunos piensen que estoy loca.

Tras llevarles las bebidas, y a la espera de la comida, vagué por ahí mientras escrutaba a la familia Aubert. Parecían tan típicos que casi dolía. El pequeño Greg pensaba en su novia casi todo el rato, y averigüé más de lo que habría deseado.

Greg estaba sencillamente preocupado.

Christy estaba pensando en la secadora de su cuarto de lavado, preguntándose si había llegado el momento de comprar una nueva.

¿Lo veis? Los pensamientos de la mayoría de la gente son así. Christy también sopesaba las virtudes de Marge Barker (eficiencia y lealtad) contra el hecho de que no le caía nada bien.

Lindsay pensaba en su novio secreto. Como cualquier otra adolescente, estaba convencida de que sus padres eran las personas más aburridas del universo y que tenían una vara metida por el trasero. No comprendían nada. Y ella no comprendía por qué Dustin no la llevaba para conocer a sus colegas o no le enseñaba dónde vivía. Sólo Dustin conocía la poesía de su alma, lo fascinante que podía llegar a ser, lo incomprendida que era.

Si me dieran un centavo por cada vez que escucho a una adolescente pensar eso, sería tan rica como el psíquico John Edward.

Oí la campanilla del pasaplatos y fui corriendo a buscar el pedido de los Aubert. Me cargué los brazos de platos y los llevé a su mesa. Tuve que soportar un completo escrutinio corporal por parte del pequeño Greg, pero aquello formaba parte del oficio. Los chicos no pueden evitarlo. Lindsay ni se dio cuenta de mi presencia. Se preguntaba por qué Dustin era tan reservado con sus actividades diurnas. ¿No debería ir al instituto?

Bien. Ahí pensé que estaba dando con algo.

Pero entonces Lindsay empezó a pensar en su suspenso en álgebra y en cómo la iban a castigar cuando sus padres se enterasen. Pasaría un tiempo sin ver a Dustin, a menos que saliese por la ventana de su habitación a las dos de la mañana. Se lo estaba pensando muy en serio.

Lindsay hizo que me sintiera triste y vieja. Y muy lista.

Cuando la familia Aubert pagó la nota y se fue, yo ya estaba harta de ellos, y mi cabeza, agotada (una extraña sensación que no se puede describir con palabras).

Remoloneé en el trabajo lo que quedaba de noche, más contenta que unas pascuas con mis nuevas uñas pintadas, hasta que salí por la puerta de atrás.

—Psst —llamó una voz detrás de mí mientras abría el coche.

Con un grito ahogado y las llaves en mano, me di la vuelta, lista para atacar.

—Soy yo —dijo Amelia alegremente.

—¡Maldita sea, Amelia, no me des estos sustos! —protesté, apoyándome en el coche.

—Lo siento —se disculpó, aunque no parecía sentirlo mucho—. Eh —prosiguió—, he estado en la agencia de seguros. ¡Adivina qué!

—¿Qué? —Amelia pareció tomar nota de mi falta de entusiasmo.

—¿Estás cansada o algo? —preguntó.

—Me he pasado la noche escuchando los pensamientos de la familia más típica del país —contesté—. Greg está preocupado, Christy está preocupada, el pequeño Greg está cachondo y Lindsay tiene un amor secreto.

—Lo sé —dijo Amelia—. ¿Y sabes qué?

—Puede que sea un vampiro.

—Oh —se lamentó—. ¿Ya lo sabías?

—No estaba segura. Pero sé otras cosas fascinantes. Sé que comprende a Lindsay, una chica que nunca se ha sentido comprendida en toda su subestimada vida; que puede que sea el hombre de su vida y que se está pensando tener sexo con el mozo.

—Bueno, pues yo sé dónde vive. Vamos para allá. Conduces tú; yo tengo que preparar algunas cosas. —Nos metimos en el coche de Amelia, yo en el asiento del conductor. Amelia empezó a rebuscar en los innumerables bolsillos con cremallera de su bolso. Estaban llenos de dispositivos mágicos listos para usarse: hierbas y otros ingredientes, como alas de murciélago—. Vive solo en una gran casa con un letrero de «SE VENDE» plantado en el jardín. Nada de muebles. Y aparenta unos dieciocho años. —Amelia apuntó hacia la casa, que estaba a oscuras y aislada.

—Hmmm. —Nuestras miradas se encontraron.

—¿Qué piensas? —preguntó Amelia.

—Es un vampiro, casi seguro.

—Podría ser. Pero ¿qué hará un vampiro forastero en Bon Temps? ¿Cómo es que ninguno de los otros vampiros sabe nada de él? —En los Estados Unidos de hoy no había nada malo en ser un vampiro, pero aun así intentaban pasar desapercibidos. Se imponían unas reglas a sí mismos muy rigurosas.

—¿Cómo sabes que no es así? Saber de él, digo.

Buena pregunta. ¿Estarían los vampiros de la zona obligados a decírmelo? Tampoco es que yo constituyese la comitiva oficial de bienvenida a los vampiros.

—Amelia, ¿has estado siguiendo a un vampiro? No me parece muy inteligente.

—Tampoco sabía que tenía colmillos cuando lo empecé a seguir. Simplemente fui detrás de él cuando me di cuenta de que merodeaba por la casa de los Aubert.

—Creo que está seduciendo a Lindsay —dije—. Será mejor que haga una llamada.

—Pero ¿tiene esto algo que ver con el negocio de Greg?

—No lo sé. ¿Dónde se ha metido el individuo?

—Está en casa de Lindsay. Acaba de aparcar fuera. Supongo que espera a que salga.

—Mierda. —Avancé con el coche un poco por la calle, hasta la casa estilo rancho de los Aubert. Abrí la tapa del móvil y llamé a Fangtasia. No sé si es buena señal tener al bar vampírico de la zona en la lista de marcación rápida.

—Fangtasia, el bar con mordisco —dijo una voz que no me era familiar. Al igual que Bon Temps y toda la zona circundante estaba saturada de evacuados humanos, la comunidad vampírica de Shreveport lo estaba de los suyos.

—Soy Sookie Stackhouse. Necesito hablar con Eric, por favor —contesté.

—Oh, la telépata. Disculpe, señorita Stackhouse. Eric y Pam han salido esta noche.

—¿Podría decirme si alguno de los nuevos vampiros de la zona ha venido a Bon Temps?

—Deje que lo mire.

La voz volvió al cabo de los minutos.

—Clancy dice que no. —Clancy era el tercero al mando de Eric, y yo no le caía muy bien. Os daréis cuenta de que Clancy ni se molestó en preguntar al que cogió el teléfono por qué quería yo saberlo. Di las gracias al vampiro desconocido por su tiempo y colgué.

No sabía qué pensar. Pam, la lugarteniente de Eric, era una especie de amiga mía, y Eric, en ocasiones, algo más que eso. Como no estaban, supuse que debería recurrir a nuestro vampiro local: Bill Compton.

Suspiré.

—Voy a tener que llamar a Bill —anuncié. Amelia conocía lo suficiente de nuestra historia como para comprender por qué la idea me resultaba tan traumática. Me hice a la idea y marqué el número.

—¿Sí? —contestó una fría voz.

Gracias al cielo. Temía que la nueva novia de Bill, Selah, cogiese la llamada.

—Bill, soy Sookie. No puedo localizar a Eric o a Pam y tengo un problema.

—¿Cuál?

Bill siempre había sido un hombre de pocas palabras.

—Hay un joven en la ciudad, y creemos que es un vampiro. ¿Te suena de algo?

—¿Aquí, en Bon Temps? —Bill estaba claramente sorprendido y disgustado.

Era toda la respuesta que necesitaba.

—Sí, y Clancy me ha dicho que no han mandado vampiros nuevos a Bon Temps. Así que supuse que quizá tú sabrías algo.

—Pues no. Lo que significa que probablemente se esté manteniendo alejado de mí. ¿Dónde estás?

—Estamos aparcadas frente a la casa de los Aubert. Está interesado en la hija, una adolescente. Nos hemos metido en el camino privado de una casa en venta en la misma calle, en el centro de la manzana, en Hargrove.

—Llego enseguida. No os acerquéis a él.

Como si tuviese la intención.

—Crees que soy tan estúpida como… —empecé a decir, y Amelia ya tenía su cara indignada cuando alguien abrió de repente la puerta del conductor y me tiró del hombro. Lancé un graznido, pero otra mano me tapó la boca.

—Cierra el pico, humana —dijo una voz que era más fría que la de Bill—. ¿Eres la que me ha estado siguiendo toda la noche?

Entonces me di cuenta de que no sabía que Amelia estaba en el asiento del copiloto. Buena señal.

Como no podía hablar, asentí levemente.

—¿Por qué? —gruñó—. ¿Qué es lo que quieres de mí? —Me zarandeó como si fuese un trapo, y creí que se me desencajarían todos los huesos.

Amelia salió disparada del otro lado del coche y se puso a tirarle a la cabeza los contenidos de su bolso de cremalleras. Por supuesto, no sabía lo que estaba diciendo mientras, pero el efecto era muy dramático. Tras un respingo de perplejidad, el vampiro se quedó paralizado. El problema era que se quedó quieto aferrándome, mi espalda contra su pecho, en una presa inquebrantable. Estaba aplastada contra él, y mi boca aún permanecía tapada por su mano izquierda, mientras la derecha me agarraba por la cintura. Hasta ese momento, el rendimiento del dúo de investigadoras formado por Sookie Stackhouse, telépata, y Amelia Broadway, bruja, no era precisamente brillante.

—No ha estado mal, ¿eh? —señaló Amelia.

Conseguí mover la cabeza un milímetro.

—No, si pudiese respirar… —contesté, arrepintiéndome enseguida de haber malgastado el aliento.

Entonces llegó Bill y examinó la situación.

—Mujer estúpida, Sookie está atrapada —dijo Bill—. Revoca el conjuro.

Bajo la luz de las farolas, Amelia parecía malhumorada. Deshacer conjuros no era su fuerte, me di cuenta no sin cierta ansiedad. No podía hacer nada, así que esperé mientras trabajaba en el anticonjuro.

—Si esto no funciona, no me costará nada romperle el brazo —me dijo Bill. Asentí…, bueno, moví la cabeza una fracción de centímetro…, ya que era todo lo que podía hacer. Me empezaba a faltar el aire.

De repente se oyó un ligero chasquido en el aire, y el joven vampiro me soltó para abalanzarse sobre Bill, quien había desaparecido. Bill estaba detrás de él, y le hizo una presa en el brazo. El chico gritó y los dos acabaron en el suelo. Me preguntaba si alguien llamaría a la policía. Era mucho jaleo para una zona residencial pasada la una de la madrugada. Pero no se encendió luz alguna.

—Ahora, habla. —Bill estaba absolutamente decidido, y creo que el chico lo sabía.

—¿Cuál es tu problema? —exigió saber el joven. Tenía el pelo castaño, peinado de punta, era de constitución delgada y llevaba un par de *piercings* de diamante en la nariz—. Esta mujer me ha estado siguiendo y quiero saber quién es.

Bill alzó una interrogativa mirada hacia mí. Sacudí la cabeza hacia Amelia.

—Ni siquiera has cogido a la mujer que era —respondió Bill. Era como si estuviese decepcionado con el chico—. ¿Qué haces aquí, en Bon Temps?

—Escapé del Katrina —contestó—. Un humano atravesó con una estaca a mi amo cuando se quedó sin sangre embotellada después de la inundación. Robé un coche a las afueras de Nueva Orleans, cambié la matrícula y salí de la ciudad. Llegué aquí al amanecer. Encontré una casa vacía con el cartel de «SE VENDE» y un cuarto de baño sin ventanas, así que me metí. He estado saliendo con una chica de aquí y bebo un poco de ella todas las noches. No es muy lista —se burló.

—¿Qué buscas? —me interrogó Bill.

—¿Os habéis colado vosotros dos en la oficina de su padre por la noche? —pregunté.

—Sí, una o dos veces —sonrió con irreverencia—. Tiene un buen sofá allí. —Me entraron ganas de darle una bofetada, de arrancarle los *piercings* de la nariz, quizá por accidente.

—¿Cuánto hace que eres un vampiro? —inquirió Bill.

—Ah… Creo que un par de meses.

Vale, eso explicaba muchas cosas.

—Por eso no sabía que tenía que presentarse ante Eric. Por eso no sabe que lo que hace es una estupidez y podría costarle la estaca.

—La estupidez no es excusa —dijo Bill.

—¿Habéis registrado los archivos de la oficina? —pregunté al chico, que empezaba a parecer un poco abrumado.

—¿Qué?

—Que si has registrado los archivos de la aseguradora.

—Eh, no. ¿Por qué iba a hacerlo? Sólo estaba allí para liarme con la chica y tomar algo, ya sabes. Tuve mucho cuidado de no quitarle mucho. No tengo dinero para comprarla embotellada.

—Oh, mira que eres tonto. —Amelia estaba hasta las narices del niñato—. Por el amor de Dios, aprende algo de tu condición. Los vampiros extraviados pueden recibir ayuda como cualquier persona. Sólo tienes que pedir a la Cruz Roja algo de sangre sintética y te la darán gratis.

—O podrías haber buscado al sheriff de la zona —sugirió Bill—. Eric nunca le da la espalda a un vampiro necesitado. ¿Qué habría pasado si alguien te hubiese descubierto mordiendo a la chica? Doy por sentado que es menor. —Para «donar» sangre a un vampiro, se entiende.

—Así es —respondí, al ver que Dustin no sabía qué decir—. Es Lindsay, la hija de Greg Aubert, mi agente de seguros. Quería que descubriésemos quién ha estado colándose en su oficina por las noches. Nos pidió el favor a Amelia y a mí.

—Debería hacer su propio trabajo sucio —dijo Bill con bastante calma, pero tenía los puños apretados—. Escucha, chico, ¿cómo te llamas?

—Dustin. —Incluso le había dado a Lindsay su verdadero nombre.

—Bueno, Dustin, esta noche iremos a Fangtasia, el bar de Shreveport que Eric Northman usa como cuartel. Hablaremos con él y decidirá qué hacer contigo.

—Soy un vampiro libre. Voy adonde quiero.

—No en la Zona Cinco. Tendrás que ver a Eric, el sheriff de la zona.

Bill se llevó al joven hacia la oscuridad de la noche, probablemente para meterlo en su coche y llevarlo a Shreveport.

—Lo siento, Sookie —se disculpó Amelia.

—Al menos impediste que me rompiera el cuello —dije, procurando ver el lado filosófico del asunto—. Aún tenemos el problema que nos trajo aquí. Dustin no fue quien registró los archivos, aunque sí me temo que fueron los tortolitos quienes alteraron la magia al colarse. ¿Cómo lo conseguirían?

—Cuando Greg me reveló su conjuro, me di cuenta de que no era muy bueno. Lindsay es de la familia. El conjuro de Greg estaba pensado contra extraños, y eso marcó la diferencia —relató Amelia—. Y, a veces, los vampiros se detectan como vacíos cuando el conjuro está diseñado contra humanos. A fin de cuentas, no están vivos. Yo hice que mi conjuro de inmovilización fuese específico para vampiros.

—¿Quién más podría saltarse los conjuros y hacer alguna travesura?

—Nulos mágicos —respondió.

—¿Eh?

—Hay personas que no son afectadas por la magia —explicó Amelia—. Son escasas, pero existen. Sólo he conocido a una.

—¿Cómo se detectan los nulos? ¿Emiten una vibración especial o algo?

—Sólo las brujas muy veteranas pueden detectarlos sin lanzarles un conjuro, inútil por otra parte —admitió Amelia—. Es probable que Greg no se haya topado nunca con una de ellas.

—Vamos a ver a Terry —sugerí—. Está despierto toda la noche.

El aullido de un perro anunció nuestra llegada a la cabaña de Terry. Vivía en el centro de tres acres de bosque. Le gustaba estar solo la mayor parte del tiempo, y las necesidades sociales que pudiera sentir las satisfacía en los ocasionales turnos que trabajaba en el bar.

—Ésa debe de ser *Annie* —dije, cuando los ladridos aumentaron de intensidad—. Va por la cuarta.

—¿Mujer o perra?

—Perra. Concretamente una catahoula. La primera fue atropellada por un camión, creo, otra fue envenenada y a otra le mordió una serpiente.

—Caramba, qué mala suerte.

—Sí, a menos que la suerte no tenga nada que ver. A lo mejor es cosa de alguien.

—¿Para qué sirven los catahoulas?

—Caza, pastoreo. No le preguntes a Terry la historia de la raza, te lo ruego.

La puerta de la caravana de Terry se abrió y *Annie* salió disparada del porche para comprobar si éramos amigas o enemigas. Nos propinó un buen ladrido, y al ver que nos quedábamos quietas, acabó recordando que me conocía. *Annie* pesaba sus buenos veinte kilos y era de un tamaño considerable. Los catahoulas no resultan bonitos a menos que te encante la raza. *Annie* era de varias tonalidades de marrón y rojo. El lomo era de un color uniforme, mientras que las patas eran de una mezcla, si bien tenía medio cuerpo moteado.

—Sookie, ¿has venido a por tu cachorro? —preguntó Terry en voz alta—. *Annie*, déjalas pasar. —*Annie* retrocedió obedientemente, sin perdernos de vista mientras nos aproximábamos a la caravana.

—He venido a ver —dije—. He traído a mi amiga Amelia. Le encantan los perros.

Sintió la tentación de darme una colleja, ya que lo suyo son más bien los gatos.

Annie y sus cachorros habían conquistado la caravana, aunque el olor no era del todo desagradable. La perra se mantenía alerta mientras observábamos a los tres cachorros que aún le quedaban a Terry. Sostuvo con delicadeza a las criaturas con sus manos llenas de cicatrices. *Annie* se había topado con varios pretendientes durante su inesperada excursión, de ahí la diversidad de los cachorros. Eran adorables. Todos los cachorros lo son. Pero cada uno era muy peculiar. Cogí uno que parecía un montón de pelo rojizo con el hocico blanco y noté cómo se contoneaba contra mi cuerpo y me husmeaba los dedos. Ay, qué monada.

—Terry —dije—. ¿Has estado preocupado por *Annie*?

—Claro —respondió. Como él mismo era bastante especial, se mostraba muy tolerante con las rarezas de los demás—. He estado pensando en las cosas que les ha pasado a mis perras y me pregunto si no habrá alguien detrás de ellas.

—¿Aseguras todas tus perras con Greg Aubert?

—Qué va, aseguré las otras con Diane, de South Liberty. Y mira lo que les ha pasado. Decidí cambiar de agencia, y como todo el mundo dice que Greg es el hijo de perra más afortunado de toda la parroquia de Renard...

El cachorro empezó a masticarme los dedos. ¡Qué dolor! Amelia miraba alrededor y hacia la destartalada caravana. Estaba bastante limpia, pero la decoración era básicamente utilitaria, como el propio mobiliario.

—Oye, ¿has estado fisgoneando en los archivos de la oficina de Greg Aubert?

—No. ¿Por qué iba a hacer eso?

Sinceramente, no se me ocurría razón alguna. Afortunadamente, Terry no parecía muy interesado en saber por qué se lo preguntaba.

—Sookie —dijo—, si a alguien del bar se le ocurre algo sobre mis perras, si sabe cualquier cosa, ¿me lo contarás?

Terry sabía lo mío. Era uno de esos secretos comunitarios que todo el mundo conoce pero del que nadie habla. Hasta que me necesitan, claro.

—Descuida, Terry. —Era una promesa, así que le estreché la mano. Reacia, volví a depositar al cachorro en el redil improvisado y *Annie* lo comprobó, ansiosa, para asegurarse de que todo estaba en orden.

Nos marchamos poco después, tan perdidas como cuando llegamos.

—Bueno, ¿quién nos queda? —preguntó Amelia—. No crees que la familia tenga nada que ver, el novio vampiro está limpio y Terry, el único que faltaba en escena, no lo hizo. ¿Adónde vamos ahora?

—¿No tienes ningún conjuro que nos pueda dar una pista? —pregunté. Me imaginé echando polvos mágicos sobre los archivos en busca de huellas dactilares.

—Eh… Pues no.

—Pues intentemos razonarlo. Como en las novelas de misterio. Se dedican a hablar de ello.

—Estoy de acuerdo. Además, ahorra gasolina.

Volvimos a casa y nos sentamos la una frente a la otra, con la mesa de la cocina de por medio. Amelia se hizo una taza de té y yo me tomé una Coca-Cola sin cafeína.

Comencé yo:

—Greg está asustado porque cree que alguien le registra los archivos en el trabajo. Ya hemos resuelto la parte de quién se cuela por las noches. Son la hija y su novio. Así que nos quedan sólo los archivos. Ahora bien, ¿quién estaría interesado en los clientes de Greg?

—Siempre está el cliente que piensa que su seguro no le ha pagado lo suficiente por un parte, o quien cree que se le está timando. —Amelia sorbió un poco de té.

—Pero ¿por qué registrar los archivos? ¿Por qué no limitarse a presentar una queja en la central, o lo que sea?

—Vale. Entonces queda… la única otra respuesta: otro agente de seguros. Alguien que se pregunta por qué Greg tiene esa increíble suerte con lo que asegura. Alguien que no cree que sea suerte ni que se deba a esas patas de conejo sintéticas.

Cuando te ponías a pensarlo y apartabas todos los escombros mentales todo era más sencillo. Estaba convencida de que el culpable era alguien del mismo gremio.

Conocía bastante bien a los otros tres agentes de seguros de Bon Temps, pero consulté la guía para asegurarme.

—Sugiero que vayamos de uno en uno, empezando por los locales —propuso Amelia—. Soy relativamente nueva en esta ciudad, así que puedo irles con el cuento de que necesito asegurar algo.

—Iré contigo y les leeré la mente.

—Durante la conversación, sacaré el tema de la agencia de Aubert, a ver si desencadena algún pensamiento en la dirección adecuada. —Amelia había formulado preguntas suficientes para saber cómo funciona mi telepatía.

Asentí.

—Lo haremos mañana, a primera hora.

Nos fuimos a dormir aquella noche con las típicas mariposas de anticipación en el estómago. Un plan era algo precioso. Stackhouse y Broadway de nuevo en acción.

El día siguiente no arrancó precisamente como habíamos planeado. Por una parte, el tiempo había decidido ponerse feo. Había refrescado. Llovía a cántaros. Deseché mis shorts y mi camiseta de tirantes con resignación, consciente de que, probablemente, no volvería a ponérmelos durante meses.

La primera agente, Diane Porchia, estaba protegida por una mansa administrativa. Alma Dean se arrugó como un pañuelo cuando insistimos en ver a la auténtica agente. Amelia, con su amplia sonrisa de impecables dientes sencillamente se la quedó mirando mientras llamaba a Diane para que saliera de su despacho. La agente de mediana edad, una mujer entrada en carnes con un traje de pantalón verde, salió para estrecharnos la mano.

—He llevado a mi amiga Amelia a todas las agencias de la ciudad, empezando por la de Greg Aubert. —Me dediqué a escuchar con todas mis fuerzas el resultado, y todo lo que obtuve fue orgullo profesional… y una pizca de desesperación. Diane Porchia estaba asustada por el número de partes que había procesado últimamente. Era anormalmente alto. Su único pensamiento era vender. Amelia me hizo un leve gesto con la mano. Diane Porchia no era una nula mágica.

—Greg Aubert cree que alguien se cuela en su oficina por las noches —dijo Amelia.

—A nosotras nos pasa lo mismo —reveló Diane, genuinamente perpleja—. Pero no se han llevado nada. —Se recompuso—. Nuestras tarifas son muy competitivas con respecto a cualquier cosa que Greg pueda ofreceros. Echad un vistazo a la cobertura que ofrecemos; creo que estaréis de acuerdo.

Poco después, con la cabeza llena de cifras, nos pusimos en marcha hacia la agencia de Bailey Smith. Bailey era compañero del instituto de mi hermano Jason, y allí tuvimos que dilatar un poco más el juego, pero al final el resultado fue el mismo. La única preocupación de Bailey era hacer negocio con Amelia, y quizá salir por ahí a tomar una copa, si conseguía dar con un sitio del que su mujer no supiese nada.

Él también había sufrido una intrusión en su oficina. En su caso, habían destrozado la ventana, pero tampoco se habían llevado nada. Capté nítidamente de sus pensamientos que el negocio estaba mal. Muy mal.

En la agencia de John Robert Briscoe tuvimos un problema diferente. No quiso reunirse con nosotras. Su administrativa, Sally Lundy, era como un ángel con una espada de fuego custodiando la entrada de su despacho privado. Se nos presentó la oportunidad cuando llegó un cliente: una mustia mujer que había tenido un accidente un mes antes. Dijo:

—No sé cómo ha podido pasar, pero en cuanto firmé con John Robert, tuve un accidente. Pasa un mes, y tengo otro.

—Venga por aquí, señora Hanson. —Sally nos lanzó una mirada desconfiada mientras se llevaba a la pequeña mujer al sanctasanctórum. En cuanto desparecieron, Amelia se puso a hurgar en los montones de papel de la bandeja, para sorpresa y consternación mía.

Sally regresó a su mesa y las dos nos dispusimos a marcharnos.

—Volveremos más tarde. Ahora mismo tenemos otra cita.

—Eran todo partes —dijo Amelia cuando salimos por la puerta—. Nada más. —Se quitó la capucha, ya que había dejado de llover.

—Hay algo que no encaja. A John Robert le ha ido peor si cabe que a Diane o Bailey.

Nos quedamos mirándonos. Finalmente, verbalicé lo que las dos pensábamos:

—¿Habrá roto Greg algún equilibrio con su excesiva tasa de suerte?

—Jamás se me habría ocurrido nada así —contestó Amelia. Pero las dos estábamos convencidas de que Greg había volcado las previsiones cósmicas sin darse cuenta.

—No había nulos en ninguna de las otras agencias —indicó Amelia—. Tiene que ser John Robert o su administrativa. No pude comprobar a ninguno de los dos.

—Saldrá a almorzar en cualquier momento —comenté, observando mi reloj—. Probablemente Sally también. Iré a la parte de atrás, donde aparcan, y me pegaré a ellos. ¿Tienes que estar muy cerca?

—Si cuento con uno de mis conjuros, será mejor. —Fue derecha hacia el coche, lo abrió y sacó su bolso. Corrí a la parte de atrás del edificio, a una manzana de la avenida principal, pero rodeada de mirtos.

Conseguí interceptar a John Robert saliendo de la oficina para ir a almorzar. Su coche estaba sucio. Tenía la ropa desordenada. Se desplomó de golpe. Lo conocía de vista, pero nunca habíamos mantenido una conversación.

—Señor Briscoe —dije, y levantó la cabeza. Parecía confuso. Entonces se le despejó la expresión e intentó sonreír.

—Sookie Stackhouse, ¿verdad? Chica, hace siglos que no te veo.

—Será que no se pasa por el Merlotte's a menudo.

—No, la verdad es que paso las tardes con mi mujer y mis hijos —confesó—. Tienen muchas actividades.

—¿Se ha pasado alguna vez por la oficina de Greg Aubert? —pregunté, intentando mantener la amabilidad.

Se me quedó mirando durante un prolongado instante.

—No, ¿por qué iba a hacerlo?

Y supe, oí directamente de su mente, que no tenía la menor idea de lo que estaba hablando. Pero tuvo que llegar Sally Lundy, con vapor casi saliéndole de las orejas al verme hablando con su jefe, cuando se había esforzado tanto por impedirlo.

—Sally —dijo John Robert, aliviado por ver a su mano derecha—, esta joven quiere saber si he estado en la oficina de Greg últimamente.

—Apuesto a que ella sí —respondió Sally, y hasta John Robert parpadeó ante el veneno que impregnaba su voz.

Y entonces lo capté, el nombre que había estado esperando.

—Eres tú —dije—. Has sido tú, señorita Lundy. ¿Por qué lo has hecho? —De no saber que contaba con apoyo, habría sentido miedo. Y hablando del apoyo...

—¿Que por qué lo hago? —chilló—. ¿Tienes el valor, el coraje..., los huevos de preguntarme eso?

John Robert no habría parecido más horrorizado aunque le hubieran salido cuernos.

—Sally —la llamó, muy nervioso—. Sally, quizá necesites sentarte.

—¡Es que no lo ves! —restalló—. ¡No lo ves! ¡Ese Greg Aubert tiene tratos con el demonio! Diane y Bailey están en el mismo barco que nosotros, ¡y se va a pique! ¿Sabes cuántos partes tuvo que gestionar la semana pasada? ¡Tres! ¿Sabes cuántas pólizas nuevas suscribió? ¡Treinta!

John Robert se quedó literalmente boquiabierto cuando escuchó los números. Se recuperó lo suficiente para decir:

—Sally, no podemos lanzar acusaciones contra Greg así como así. Es un buen hombre. Él nunca haría...

Pero Greg sí que lo había hecho, aunque fuera sin querer.

Sally concluyó que era un buen momento para darme una patada en las espinillas, y me alegré mucho de haber optado por los vaqueros en vez de los shorts ese día. «Bueno, Amelia, cuando quieras», pensé. John Robert agitaba los brazos mientras le gritaba a Sally (aunque me di cuenta de que no se movió para contenerla), y Sally devolvía los gritos a pleno pulmón, soltando todo lo que sentía hacia Greg Aubert y esa zorra de Marge, que trabajaba para él. Y vaya si tenía que contar cosas sobre ella. No había margen para malentendidos.

Para ese momento, ya tenía apartada a Sally a distancia de un brazo, convencida de que tendría las piernas llenas de cardenales al día siguiente.

Por fin, por fin de verdad, apareció Amelia, sin aliento y descolocada.

—Lo siento —jadeó—. No te lo vas a creer, pero se me quedó el pie enganchado entre el asiento del coche y la puerta, me caí al suelo y las llaves acabaron debajo del coche. En fin… *Congelo!*

El pie de Sally se detuvo a medio camino, así que se quedó en equilibrio sobre una flaca pierna. John Robert se había quedado con las dos manos en el aire, en gesto de desesperación. Le toqué el brazo y lo sentí igual de rígido que el vampiro al que paralizamos la noche anterior. Al menos, esta vez nadie me tenía agarrada.

—¿Y ahora qué? —pregunté.

—¡Pensé que tú lo sabías! —exclamó—. ¡Tenemos que conseguir que dejen de pensar en Greg y su suerte!

—El problema es que creo que Greg ha agotado toda la suerte que le rodea —dije—. Mira los problemas que has tenido nada más salir del coche.

Se quedó muy pensativa.

—Sí, tenemos que mantener una charla con Greg —concluyó—. Pero, primero, tenemos que solucionar esto. —Estiró la mano hacia las dos personas paralizadas y dijo—: Eh… *Amicus cum Greg Aubert*.

No parecían mucho más amistosos, pero probablemente el cambio se estaba produciendo por dentro.

—*Regelo* —dijo Amelia, y el pie de Sally aterrizó en el suelo bruscamente. El hombre trastabilló un poco y se cogió a ella.

—Ten cuidado, Sally —avisé, con la esperanza de que no me diera más patadas—, casi pierdes el equilibrio.

Me miró, sorprendida.

—¿Qué estás haciendo aquí?

Buena pregunta.

—Amelia y yo estábamos atajando por el aparcamiento de camino al McDonald's —expliqué, haciendo un gesto hacia los arcos dorados que asomaban a una calle—. No nos dimos cuenta de que había tantos arbustos altos en la parte de atrás. Volveremos al aparcamiento de delante y cogeremos el coche.

—Mucho mejor —dijo John Robert—. Así no tendremos que preocuparnos por nada que le pueda pasar a vuestro coche mientras esté aparcado en nuestro aparcamiento. —Recuperó su aspecto gris—. Seguro que le pasa algo, o le cae algo encima. Quizá debería llamar al bueno de Greg Aubert y preguntarle si tiene alguna idea para romper mi racha de mala suerte.

—Hágalo —propuse—. Greg estará encantado de atenderle. Apuesto a que le dará un montón de patas de conejo.

—Sí, es un tipo muy agradable —convino Sally Lundy. Se volvió hacia la oficina, aún un poco mareada.

Amelia y yo nos pasamos por las oficinas de Pelican State. Todo lo sucedido no dejaba de rondarnos la cabeza.

Greg estaba allí, y nos desplomamos sobre las sillas que tenía frente a su escritorio.

—Greg, tienes que dejar de abusar tanto de los conjuros —dije, y le expliqué por qué.

Greg parecía asustado y enfadado a la vez.

—Pero si soy el mejor agente de Luisiana. Tengo un expediente excepcional.

—No puedo obligarte a cambiar nada, pero estás succionando toda la suerte de la parroquia de Renard —expliqué—. Tienes que dejar un poco para los demás. Diane y Bailey lo están pasando tan mal que están pensando en cambiar de profesión, John Robert Briscoe está al borde del suicidio. —Hay que decir, en honor a Greg, que, una vez le explicamos la situación, se quedó horrorizado.

—Modificaré mis conjuros —dijo—. Aceptaré algo de mala suerte. Jamás pensé que estuviera usando la cuota de los demás. —Aun así, no parecía muy contento, pero se había resignado—. ¿Y qué hay de la gente que se cuela en la oficina por la noche? —preguntó sumisamente.

—No te preocupes por eso —dije—. Ya nos hemos encargado de ello. —Al menos eso esperaba yo. El mero hecho de que Bill se hubiese llevado al joven vampiro a Shreveport para ver a Eric no significaba que no fuese a volver. Pero cabía la posibilidad de que la pareja encontrase otro sitio donde proseguir con su mutua exploración.

—Gracias —contestó Greg, estrechándonos la mano. De hecho, Greg nos extendió un cheque nada desdeñable, a pesar de que le aseguramos que no era necesario. Amelia estaba orgullosa y contenta. Yo también me sentía bastante animada. Habíamos solucionado un par de los problemas del mundo, y las cosas estaban mejor gracias a nosotras.

—Somos buenas investigadoras —dije mientras volvíamos a casa en el coche.

—Por supuesto —acordó Amelia—. No sólo buenas, sino también afortunadas.

PAPEL DE REGALO

E ra Nochebuena y estaba sola.

¿Suena eso lo bastante triste y patético como para que digáis «¡Pobre Sookie Stackhouse!»? No hace falta. Ya sentía bastante pena por mí misma, y cuanto más pensaba en mi soledad en ese día del año, más se me humedecían los ojos y se me estremecía la barbilla.

La mayoría de la gente pasa ese momento con la familia y los amigos. Lo cierto es que tengo un hermano, pero no nos hablamos. Acababa de descubrir que tenía un bisabuelo vivo, aunque no creía que fuese a darse cuenta siquiera de que era Navidad (no porque esté senil —ni mucho menos—, sino porque no es cristiano). Y ahí se acaba la lista para mí, al menos en lo que a familia se refiere.

La verdad es que también tengo amigos, pero al parecer todos tenían ya sus planes ese año. Amelia Broadway, la bruja que vive en la planta superior de mi casa, se había ido a Nueva Orleans para pasar la Navidad con su padre. Mi amigo y jefe, Sam Merlotte, se fue a Texas a ver a su madre, padrastro y hermanos. Mis amigos de la infancia, Tara y J.B., estarían con la familia de éste; además, era su primera Navidad como pareja de casados. ¿Cómo iba a entrometerme en eso? Tenía otros amigos… lo suficientemente cercanos como para que me incluyeran en su lista de invitados enseguida si les ponía ojos de corderita degollada. Pero en un arranque de perversidad, no quería que nadie sintiera lástima hacia mí por estar sola. Supongo que quería poder arreglármelas sin ayuda.

Sam había conseguido un sustituto en el bar, pero el Merlotte's cierra a las dos de la tarde el día de Nochebuena y así permanece hasta las dos de la tarde del día después de Navidad, así que no me quedaba ni el trabajo para romper ese ininterrumpido tramo de tristeza.

Había hecho la colada. La casa estaba limpia. La semana anterior había sacado los adornos navideños de mi abuela, que había heredado junto con la casa. Abrir las cajas hizo que la echara dolorosamente de menos. Hacía casi dos años que había muerto, y aún anhelaba poder hablar con ella. No sólo había sido muy divertida, sino también sagaz y capaz de dar muy buenos consejos; si ella decidía que de verdad necesitabas uno. Me crió desde que tenía siete años y se convirtió en la figura más importante de mi vida.

También se mostró contenta cuando empecé a salir con el vampiro Bill Compton. Tan desesperada estaba por que consiguiese un buen mozo, que hasta Bill le pa-

reció bien. Cuando se es telépata, como ~~~~~~~~, ~~~~~~
cil salir con un chico normal; estoy segura ~~~~~~~~~~
déis el porqué. Los seres humanos pensamos ~~~~~~~
de cosas que no queremos que sepan nuestros s~~~~~~
queridos, y mucho menos la mujer que te llevas a cenar
y al cine. En las antípodas de esta situación, las mentes
de los vampiros son maravillosamente silenciosas, y las de
los licántropos son casi igual de buenas, aunque emiten
un montón de emociones y alguna que otra extraña sa-
cudida mental.

Naturalmente, después de pensar en la buena aco-
gida que la abuela dio a Bill, no pude evitar preguntarme
qué estaría haciendo él en ese momento. E inmediatamente me di cuenta de mi estupidez. Era media tarde,
brillaba el sol. Bill estaría durmiendo en alguna parte de
su casa, que está en el bosque, al sur de la mía, cruzando
el cementerio. Había roto con él, pero estaba segura de
que se presentaría como un rayo si lo llamase (una vez
anocheciera, por supuesto).

Que me aspen si pensaba llamarlo. A él o a cualquier
otra persona.

Pero me sorprendí observando, anhelante, el teléfono cada vez que pasaba cerca. Tenía que salir de la casa
o acabaría llamando a alguien, a cualquiera.

Necesitaba una misión. Un proyecto. Una tarea. Un
entretenimiento.

Recordaba haberme despertado durante apenas
treinta segundos al alba. Desde que cubría el turno de

...gada del Merlotte's, dormía como un lirón. Permanecí despierta el tiempo suficiente para preguntarme qué me había arrancado del profundo sueño. Pensé que quizá había oído algo en el bosque. No se repitió, así que volví a zambullirme en el sueño como una piedra en un estanque.

Así que allí me encontraba, observando el bosque desde la ventana de la cocina. No era sorprendente no encontrar nada nuevo en las vistas.

«El bosque está nevado, es oscuro y muy profundo», me dije, tratando de recordar el poema de Frost que tuvimos que aprender en el instituto. ¿O acaso era «adorable, oscuro y profundo»?

Por supuesto, mi bosque no era ni adorable ni estaba nevado. No nieva nunca en Luisiana durante la Navidad. Pero hacía frío (aquí, eso quiere decir que la temperatura rondaba los tres grados). Y no cabía duda de que el bosque era oscuro y profundo, además de húmedo. Así que me puse las botas de trabajo que me había comprado hacía años, cuando Jason y yo salíamos a cazar juntos, y me embutí en el abrigo que no me importa estropear, uno que parecía un edredón acolchado. Era rosa pálido. Dado que hace falta mucho tiempo para que un abrigo se desgaste en estas latitudes, él también tenía sus años; yo tengo veintisiete, había pasado hace ya tiempo la etapa del rosa pálido. Me recogí el pelo bajo un gorro de lana y me enfundé los guantes que había encontrado en un bolsillo. Hacía mucho, mucho tiempo que no me ponía ese abrigo, y me sorprendió encontrar un par de dólares y algunas entradas arrancadas en sus bolsillos, además del recibo de un pequeño regalo navideño que había comprado para Alcide Herveaux, un licántropo con el que salí brevemente.

Los bolsillos son como pequeñas cápsulas del tiempo. Desde que le compré a Alcide el libro de sudokus, su padre había muerto en la pugna por convertirse en el líder de la manada y, después de una serie de violentos acontecimientos, el propio Alcide se hizo con el puesto. Me preguntaba cómo irían los asuntos de la manada en Shreveport. No había hablado con ninguno de los licántropos desde hacía dos meses. De hecho, había perdido la referencia de la última luna llena. ¿Cuándo había sido, anoche?

Bueno, ya me había acordado de Bill y Alcide. Como no hiciese algo, pronto acabaría incluyendo en el saco a mi último fracaso amoroso: Quinn. Era hora de ponerse en marcha.

Mi familia ha vivido en esta humilde casa desde hace más de siglo y medio. Mi más que reformada casa se encuentra en los bosques por los que serpentea Hummingbird Road, a las afueras de la pequeña ciudad de Bon Temps, en la parroquia de Renard. Los árboles son más hondos y densos hacia el este, por detrás de la casa, ya que hace más de medio siglo que nadie los tala. Son más delgados hacia el sur, donde está el cementerio. La tierra se desplaza suavemente, y lejos, detrás de la propiedad, hay un pequeño arroyo, pero hace años que no voy por allí. Desde que me dedico a servir copas en el bar, a telepatear (¿existe ese verbo?) para los vampiros y participar en las luchas de poder de éstos y de los licántropos, y demás historias mágicas y mundanas, mi vida ha estado bastante ocupada.

Resultaba agradable meterse en el bosque, aunque el aire era frío y húmedo, y me vino bien estirar los músculos.

Avancé entre la floresta durante unos treinta minutos, alerta ante cualquier indicio de lo que fuera que me hubiera despertado la noche anterior. Hay por allí muchos animales oriundos del norte de Luisiana, pero la mayoría de ellos son tímidos y silenciosos, como las zarigüeyas, los mapaches y los ciervos. También hay animales menos silenciosos, pero igualmente tímidos, como los coyotes y los zorros. Hay más criaturas formidables. En el bar no paro de oír las historias de los cazadores. Un par de los más entusiastas habían visto a un oso negro en un coto privado de caza a un par de kilómetros de mi casa. Y Terry Bellefleur juraba haber visto una pantera hacía menos de dos años. La mayoría de los ávidos cazadores habían observado jabalíes y cerdos salvajes.

Por supuesto, yo no esperaba toparme con nada de ese estilo. Me había metido el móvil en el bolsillo, sólo por si acaso, aunque no estaba muy segura de que hubiese cobertura en el bosque.

Cuando conseguí llegar al arroyo, ya estaba asada dentro de mi chaqueta acolchada. Me dispuse a acuclillarme para inspeccionar el tierno suelo junto al agua. El arroyo, que no era muy ancho, tenía el nivel a la altura de la tierra de sus orillas debido a las recientes lluvias. Si bien no soy una gran aficionada a la naturaleza, enseguida supe que un ciervo había estado por allí; algunos mapaches también; y puede que un perro. O dos. O tres. «Eso no me gusta», pensé, con una pizca de incomodidad. Una manada de perros siempre implicaba un potencial peligro. No tenía ni idea de lo antiguas que eran las huellas, pero supuse que estarían más secas si las hubiesen dejado el día anterior.

Oí un ruido procedente de los arbustos a mi izquierda. Me quedé paralizada, temerosa de levantar la cabeza y mirar hacia allí. Saqué el móvil del bolsillo y comprobé las barras de cobertura. «SIN COBERTURA», rezaba la pantalla. «Mierda», pensé. Y eso apenas bastaba para describirlo.

El sonido se hizo insistente. Decidí que era una especie de sollozo, pero no tenía claro si el emisor era un hombre o una bestia. Me mordí el labio con fuerza y me obligué a incorporarme, muy lenta y cuidadosamente. No ocurrió nada. Los sonidos cesaron. Me recompuse y fui derivando hacia la izquierda. Aparté un arbusto de laureles.

Había un hombre tirado en el suelo, sobre el frío y húmedo barro. Estaba desnudo como un pajarillo, pero cubierto de sangre seca.

Me acerqué cautelosamente, ya que, a pesar de estar desnudo, ensangrentado y lleno de barro, podía ser muy peligroso; puede que especialmente peligroso.

—Eh —dije. Como saludo inicial dejaba mucho que desear—. Eh, ¿necesitas ayuda? —Vale, era tan idiota como preguntar «¿Qué tal estás?», dadas las circunstancias.

Abrió los ojos. Eran castaños, salvajes y redondos como los de un búho.

—Aléjate —me urgió—. Pueden volver.

—En ese caso, será mejor que nos demos prisa —repliqué. No tenía intención de dejar a un herido a merced de lo que fuese que lo había lastimado—. ¿Es grave?

—No. Corre —insistió—. Falta poco para que oscurezca. —No sin dolor, estiró una mano para agarrarme del tobillo. Estaba claro que quería llamar mi atención.

Me costó prestar atención a sus palabras, ya que había demasiado cuerpo desnudo expuesto para mantener ocupada mi mirada. Me obligué a mantener la vista por encima de su pecho, cubierto de un manto no demasiado denso de pelo castaño. También era muy ancho. ¡Y tampoco es que yo estuviera mirando tanto!

—Vamos —dije, arrodillándome junto al desconocido. Había innumerables huellas en el barro, a su alrededor, indicando una actividad reciente y frenética—. ¿Cuánto hace que estás aquí?

—Unas pocas horas —respondió, jadeando mientras intentaba apoyarse sobre un codo.

—¿Con este frío? —Madre mía. No me extrañaba que tuviese la piel azulada—. Hay que sacarte de la intemperie —afirmé—. Ahora mismo. —Paseé la mirada desde la mancha de sangre del hombro hasta el resto del cuerpo, en busca de más heridas.

Era un error. El resto de su cuerpo, a pesar de hallarse ostensiblemente cubierto de barro, sangre y frío, estaba muy, muy...

Pero ¿qué me pasaba? Allí estaba, contemplando a un completo desconocido (desnudo y buenísimo) presa de la lujuria, mientras él se encontraba herido y asustado.

—Toma —le ofrecí, tratando de parecer resuelta, determinada y neutra—. Apoya tu brazo sobre mi cuello y te pondremos de rodillas. Después intenta levantarte e intentaremos caminar.

Estaba cubierto de contusiones, pero, salvo la del hombro, ninguna otra herida le había rasgado la piel. Protestó varias veces más, pero el cielo estaba cada vez más apagado a medida que la noche se abría paso y lo interrumpí sin contemplaciones.

—Muévete de una vez —le recomendé—. No queramos estar aquí fuera más tiempo del necesario. Nos llevará una buena hora llegar hasta mi casa.

El hombre guardó silencio. Finalmente asintió. Con mucho esfuerzo, conseguí ponerlo de pie. Arrugué la nariz al ver lo arañados y sucios que tenía los pies.

—Allá vamos —dije para animarlo. Dio un paso y arrugó un poco la expresión—. ¿Cómo te llamas? —pregunté, intentando distraerlo del dolor que le provocaba caminar.

—Preston —respondió—. Preston Pardloe.

—¿De dónde eres, Preston? —Ya nos movíamos un poco más deprisa. Eso era bueno. El bosque estaba cada vez más oscuro.

—Soy de Baton Rouge —contestó. Parecía un poco sorprendido.

—¿Y cómo has llegado hasta mi bosque?

—Bueno…

Me di cuenta de cuál era su problema.

—¿Eres un licántropo, Preston? —interrogué. Sentí que su cuerpo se relajaba contra el mío. Lo supe desde que capté su patrón cerebral, pero no quería asustarlo hablándole de mi pequeña tara. Preston tenía un…, ¿cómo describirlo?, patrón más suave y denso que otros licántropos con los que me había cruzado, pero cada mente posee su propia textura.

—Sí —respondió—. Lo sabes, entonces.

—Sí —admití—. Lo sé. —Sabía infinitamente más de lo que nunca quise saber. Los vampiros habían salido del armario con el advenimiento y comercialización de la sangre sintética, inventada por los japoneses, pero otras criaturas de la noche y las sombras aún no habían dado ese enorme paso.

—¿De qué manada eres? —pregunté mientras trastabillábamos sobre una rama caída y recuperábamos el equilibrio. Se apoyaba en mí con todo su peso. Temía que acabásemos en el suelo. Había que acelerar el paso. Parecía moverse con más soltura, ahora que había calentado un poco los músculos.

—La manada de los Asesinos de ciervos, del sur de Baton Rouge.

—¿Qué haces aquí, en el bosque? —volví a preguntarle.

—¿Esta tierra es tuya? Lamento haberme colado —dijo. Contuvo el aliento mientras le ayudaba a sortear un arbusto espinoso. Una de las espinas se enganchó en mi abrigo rosa y tuve que tirar con dificultad para librarme.

—Ésa es la última de mis preocupaciones —contesté—. ¿Quién te atacó?

—La manada de la Garra afilada de Monroe.

No conocía a ningún licántropo de Monroe.

—¿Qué hacías aquí? —pregunté, pensando que, tarde o temprano, tendría que responderme si seguía insistiendo.

—Se suponía que debíamos encontrarnos en terreno neutral —respondió, con el rostro tenso por el dolor—. Un hombre pantera de por aquí nos ofreció el lugar como punto intermedio, una zona neutral. Nuestras manadas han estado… enfrentadas. Dijo que ése sería un buen sitio para resolver nuestras diferencias.

¿Mi hermano les había ofrecido mis tierras como lugar donde parlamentar? El desconocido y yo avanzamos penosamente en silencio mientras trataba de ordenar mis ideas al respecto. Estaba claro que mi hermano Jason era un hombre pantera, aunque se había convertido por un mordisco, mientras que la mujer de la que se había separado era una pantera genéticamente pura. ¿En qué estaba pensando Jason cuando decidió mandar a un grupo tan peligroso cerca de mi casa? No en mi bienestar, eso estaba claro.

Vale, no nos llevábamos de maravilla, pero me resultaba especialmente doloroso que me deseara algún mal. Más de los que ya me había causado, quiero decir.

Un siseo de dolor me hizo volver a prestar atención a mi acompañante. Con la intención de ayudarlo con mayor eficacia, rodeé su cintura con el brazo y él hizo lo propio sobre mi hombro. Así podíamos avanzar más rápidamente; qué alivio. Cinco minutos después podía ver la luz que había dejado encendida en el porche trasero.

—Gracias a Dios —dije. Aceleramos el paso y llegamos a la casa en cuanto oscureció del todo. Por un instante, mi acompañante arqueó la espalda y se quedó tenso, pero no se transformó. Eso también era un alivio.

Subir los escalones se convirtió en una penitencia, pero finalmente logré meter a Preston en casa y lo dejé sentado a la mesa de la cocina. Lo miré llena de ansia. No era la primera vez que metía en mi cocina a un hombre desnudo y ensangrentado, por extraño que parezca. Ya había tenido a un vampiro llamado Eric en circunstancias similares. ¿No era eso de lo más extraño, incluso para alguien como yo? Por supuesto, no tenía tiempo para meditar al respecto, ya que ese hombre necesitaba cuidados.

Eché un vistazo a la herida del hombro bajo la luz de la cocina, pero estaba tan mugriento que apenas pude examinar nada en detalle.

—¿Crees que podrías levantarte para darte una ducha? —pregunté, esperando que no pensase que se lo proponía porque oliese, o algo así. Lo cierto era que su olor era bastante peculiar, pero no era desagradable.

—Supongo que podré permanecer de pie ese tiempo —respondió brevemente.

—Vale, espera un momento —dije. Traje la vieja manta de lana del sofá del salón y le cubrí con ella. Ahora podía concentrarme mejor.

Corrí hasta el cuarto de baño del pasillo para abrir los grifos de la ducha, instalada bastante después de la bañera con patas de garra. Me estiré para abrir el agua, esperé a que saliese caliente y saqué toallas limpias. Amelia había dejado champú y gel de baño en el estante sobre el teléfono de la ducha, y había jabón para rato. Metí la mano en el agua. Estaba ideal.

—¡Ya está! —grité—. ¡Voy a buscarte!

Mi inesperado huésped estaba perplejo cuando regresé a la cocina.

—¿Para qué? —preguntó, y yo pensé si no se habría golpeado la cabeza en el bosque.

—Para que te duches. ¿No oyes el agua correr? —contesté, tratando de sonar natural—. No podré ver la gravedad de tus heridas hasta que estés limpio.

Volvimos a ponernos en marcha, y me dio la sensación de que caminaba mejor, como si el calor de la casa y la suavidad del suelo hubiesen ayudado a que sus músculos se relajasen. Había dejado la manta en la silla de la cocina. No tenía ningún problema con la desnudez, como la mayoría de los licántropos, me percaté. Vale, eso estaba bien, ¿no? Sus pensamientos se me antojaban opacos, como solía pasar con los de su especie, pero capté retazos de ansiedad.

De repente, apoyó en mí más peso y me tambaleé hasta la pared.

—Lo siento —jadeó—. Me acaba de dar un calambre en la pierna.

—No pasa nada —le dije—. Seguramente son tus músculos que se estiran. —Alcanzamos el pequeño cuarto de baño, cuya estética estaba muy pasada de moda. El mío, que estaba junto a mi habitación, era mucho más moderno, pero éste era menos personal.

Aunque Preston no pareció darse cuenta de los azulejos blancos y negros. Con un afán inequívoco, observó el agua caliente que se derramaba sobre la bañera.

—Eh, ¿quieres que te deje solo un momento, antes de ayudarte a entrar en la ducha? —pregunté, indicando el inodoro con un gesto de la cabeza.

Se me quedó mirando con la expresión perdida.

—No, no es necesario.

Así que llegamos al lado de la bañera, que era de las altas. No sin pocas y rebuscadas maniobras, Preston deslizó una pierna sobre la bañera, le empujé y logró pasar la otra para meterse del todo. Tras asegurarse de que podía mantenerse en pie por sí solo, empecé a correr la cortina.

—Señorita —dijo, y me detuve. Se encontraba bajo el torrente de agua caliente, con el pelo aplastado sobre la cabeza, el agua chorreando sobre el pecho hasta su... Vale, ya se había calentado por todas partes.

—¿Sí? —Intenté que no se notara el nudo de mi garganta.

—¿Cómo te llamas?

—¡Oh! Perdona. —Tragué con fuerza—. Me llamo Sookie. Sookie Stackhouse. —Y volví a tragar—. Ahí tienes el jabón; y ahí está el champú. Voy a dejar la puerta del baño abierta, ¿vale? Llámame cuando hayas terminado y te ayudaré a salir de la bañera.

—Gracias —dijo—. Gritaré si te necesito.

Corrí del todo la cortina de la ducha, aunque no sin cierto pesar. Tras asegurarme de que las toallas limpias estaban al alcance de Preston, regresé a la cocina. Me pregunté si querría café, chocolate caliente o té. O a lo mejor prefería algo con alcohol. Tenía un poco de *bourbon* y me quedaban un par de cervezas en la nevera. Se lo preguntaría. Sopa. Necesitaría algo de sopa. No me quedaba ninguna casera, pero sí de sobre. Vertí la sopa sobre una cazuela y la puse al fuego, preparé el café y herví agua por si se decantaba por el chocolate o el té. Prácticamente vibraba con tanto afán.

Cuando Preston emergió del cuarto de baño, su mitad inferior estaba cubierta por una gran toalla azul de Amelia. Creedme, jamás había tenido mejor aspecto. Se había envuelto otra alrededor del cuello para retener el agua que aún le caía por el pelo. Le tapaba también la herida del hombro. Dio un leve respingo mientras caminaba, y supe que debían de dolerle los pies. Había comprado unos calcetines para hombre por error en mi última visita al Wal-Mart, así que fui a buscarlos a mi armario y se los entregué a Preston, que había recuperado su asiento en la cocina. Los observó con mucho cuidado, para asombro mío.

—Tienes que ponértelos —le recomendé, suponiendo que la pausa se debía a que no le resultaba cómodo ponerse la ropa de otro hombre—. Son míos —añadí con afán tranquilizador—. Debes tener los pies destrozados.

—Sí —acordó Preston y, lentamente, se inclinó para ponérselos.

—¿Necesitas ayuda? —pregunté, echando la sopa en un cuenco.

—No, gracias —contestó él desde un rostro oculto por una densa mata de pelo negro—. ¿Qué es eso que huele tan bien?

—Te he calentado un poco de sopa —dije—. Si quieres café, té o…

—Té, por favor —contestó.

Yo nunca suelo beber té, pero a Amelia le quedaba un poco. Repasé su selección de sabores con la esperanza de que ninguno de ellos fuese a convertirlo en rana o nada parecido. La magia de Amelia había provocado resultados inesperados en el pasado. Bueno, cualquiera con la palabra LIPTON estaría bien. Metí la bolsita en el agua hirviendo y esperé que no pasase nada raro.

Preston se tomó la sopa con cuidado. Quizá la había calentado demasiado. Se la metía en la boca como si fuese la primera vez que comía algo parecido. A lo mejor su madre siempre se la había hecho casera. Me sentí un poco avergonzada. Me quedé mirándolo, ya que no tenía ninguna cosa mejor que observar. Alzó la vista para encontrarse con mis ojos.

Caramba. Las cosas empezaban a ir demasiado deprisa.

—Bueno, ¿cómo acabaste herido? —pregunté—. ¿Hubo una pelea? ¿Cómo es que te dejó tu manada?

—Hubo una pelea, sí —confirmó—. Las negociaciones no fueron bien. —Parecía algo dubitativo y angustiado—. De alguna manera, en la oscuridad, me abandonaron.

—¿Crees que volverán a buscarte?

Apuró la sopa y yo le dejé el té delante.

—Sí, pero no sé si los míos o los de Monroe —respondió sombríamente.

Eso no sonaba nada bien.

—Vale, será mejor que me dejes ver las heridas —dije. Cuanto antes supiera cuál era su estado, antes podría decidir qué hacer. Preston se quitó la toalla que le rodea-

169

ba el cuello y yo me incliné para echar un vistazo a la herida. Estaba casi curada.

—¿Cuándo te hirieron? —le pregunté.

—Al amanecer. —Sus enormes ojos castaños volvieron a interceptar mi mirada—. Permanecí allí durante horas.

—Pero... —De repente me pregunté si no habría sido una estúpida al llevar a un completo extraño a mi casa. Lo que estaba claro era que no debía dejar que Preston supiera que albergaba dudas acerca de su historia. La herida tenía mal aspecto cuando me lo encontré en el bosque. ¿Cómo se había curado en cuestión de minutos desde la llegada a casa? ¿Qué estaba pasando? Los licántropos se curan rápido, pero no instantáneamente.

—¿Qué pasa, Sookie? —preguntó. Era difícil pensar en otra cosa cuando su pelo mojado se le derramaba sobre el pecho y la toalla azul estaba bien por debajo de la línea de su cintura.

—¿De verdad eres un licántropo? —le solté, retrocediendo un par de pasos. Sus ondas cerebrales adquirieron el clásico ritmo de los licántropos, esa angulosa y oscura cadencia que me resultaba tan familiar.

Preston Pardloe parecía absolutamente horrorizado.

—¿Qué otra cosa iba a ser? —contestó, estirando un brazo lleno de vello desde el hombro, los dedos acabados en garras. Fue la transformación más inmediata y fácil que había presenciado, y apenas había producido nada del sonido que solía venir asociado a ella; y no había presenciado pocas.

—Debes de ser una especie de súper licántropo —planteé.

—Mi familia es especial —reconoció, orgulloso.

Se levantó y la toalla se le deslizó.

—No me digas… —respondí con voz ahogada. Sentía que las mejillas se me ponían rojas.

Fuera se produjo un aullido. No existe sonido más escalofriante, especialmente cuando procede de la fría noche; y cuando ese sonido viene del linde que separa el bosque de tu patio, bueno, es más que suficiente para ponerte los pelos de punta. Contemplé el lobuno brazo de Preston para comprobar si el aullido había tenido el mismo efecto en él, pero había recuperado su forma humana.

—Han vuelto a buscarme —dijo.

—¿Tu manada? —pregunté, deseando que fuesen los suyos quienes habían venido a llevárselo.

—No. —Se había puesto pálido—. Los Garras afiladas.

—Llama a los tuyos, haz que vengan.

—Me abandonaron por una razón. —Parecía humillado—. No quise hablarte de ello, pero has sido tan amable.

Esto cada vez me gustaba menos.

—¿Y cuál es esa razón?

—Yo era el pago por una ofensa.

—Explícalo en veinte palabras o menos.

Clavó la mirada en el suelo y me di cuenta de que estaba contando mentalmente. Ese tipo era muy raro.

—La hermana del líder de la manada me quería, yo no, dijo que era un insulto, mi tortura era el precio.

—¿Por qué iba a acceder a tal cosa tu líder de manada?

—¿Aún debo contar las palabras?

Sacudí la cabeza. Parecía hablar muy en serio. A lo mejor es que tenía un sentido del humor muy profundo.

—No le caigo muy bien al líder de mi manada, y estaba más que dispuesto a creer en mi culpabilidad. Él mismo es pretendiente de la hermana del líder de manada de los Garras afiladas, y sería una buena unión desde el punto de vista de ambas manadas. Yo era el cabeza de turco.

No me extrañaba que la hermana del líder hubiese ido tras él. El resto de la historia no resulta de escándalo si estás tan acostumbrada a los asuntos de los licántropos. Claro que todos son razonables y humanos por fuera, pero cuando entran en el modo licántropo, es harina de otro costal.

—¿Así que han venido para cogerte y seguir apaleándote?

Asintió sombríamente. No tuve el valor de decirle que volviese a ponerse la toalla. Respiré hondo, aparté la mirada y decidí que lo mejor sería coger mi escopeta.

Los aullidos se multiplicaban, uno tras otro, rasgando la noche, cuando me hice con la escopeta, que estaba en el armario del salón. Los Garras afiladas habían rastreado a Preston hasta mi casa, no cabía duda. No había forma de esconderlo y decir que se había ido. ¿O quizá sí? Si no entraban en...

—Tienes que meterte en el escondite del vampiro —ordené. Preston se volvió dejando de mirar la puerta trasera y abrió mucho los ojos al reparar en la escopeta—. Está en el cuarto de invitados. —El agujero del vampiro databa de cuando salía con Bill Compton y se nos ocurrió que sería aconsejable tener un refugio a prueba de luz en mi casa por si se le hacía tarde.

Cuando el corpulento licántropo no dio muestras de ir a moverse, le agarré del brazo, lo arrastré por el pasillo y le enseñé el botón secreto del armario de la habitación. Preston empezó a protestar; los licántropos prefieren luchar antes de huir, pero le obligué a meterse, tapé el falso suelo y volví a taparlo con los zapatos y demás parafernalia para que pareciese un armario normal.

Alguien llamó con fuerza a la puerta principal. Comprobé la escopeta para asegurarme de que estaba cargada y lista para dispararse antes de entrar en el salón. El corazón me iba a cien.

Los licántropos suelen desempeñar trabajos de obrero en su vida humana, aunque algunos de ellos consiguen prosperar hasta forjar verdaderos imperios. Observé a través de la mirilla y me dio la sensación de que el licántropo que había delante de mi puerta debía de ser un luchador semiprofesional. Era enorme. El pelo le caía en ondulantes corrientes de cabello engominado por los hombros, y también lucía barba y bigote bien recortados. Vestía un chaleco de cuero y pantalones a juego, así como botas de motorista. Lo cierto es que también tenía unas correas de cuero atadas a la parte superior de los brazos, además de muñequeras de cuero. Parecía salido de una revista de fetichistas.

—¿Qué quieres? —dije desde mi lado de la puerta.

—Déjame entrar —respondió con una voz sorprendentemente aguda.

«¡Cerdito, cerdito, déjame entrar!».

—¿Y por qué iba a hacerlo? —«¡Ni por todo el oro del mundo te dejo pasar!».

—Porque podemos entrar por la fuerza si queremos. No tenemos ningún problema contigo. Sabemos que son tus tierras y tu hermano nos contó que lo sabes todo acerca de nosotros. Pero buscamos a alguien, y tenemos que saber si está ahí dentro.

—Hubo un tipo, vino por la puerta de atrás —dije—. Pero hizo una llamada y alguien vino a recogerlo.

—Aquí fuera no —negó el licántropo montaña.

—No, por la puerta de atrás. —Allí conduciría el olor de Preston.

—Hmmm. —Pegué la oreja a la puerta y le oí murmurar «Ve a comprobarlo» a una oscura figura que desapareció de mi campo visual—. Aun así quiero entrar a comprobarlo —dijo mi indeseado visitante—. Si está ahí dentro, puede que estés en peligro.

Debió haberme dicho eso al principio si quería convencerme de que intentaba salvarme.

—Vale, pero sólo tú —acordé—. Sabrás que soy amiga de la manada de Shreveport y, si me pasa algo, tendrás que responder ante ellos. Llama a Alcide Herveaux si no me crees.

—Ohh, qué miedo —dijo el hombre montaña con un falsete. Pero abrí la puerta y vio claramente la escopeta. Tuve la sensación de que aquello le hacía replantearse las cosas. Bien.

Me aparté a un lado, manteniendo la Benelli apuntada hacia él para que viera que iba en serio. Recorrió la casa sin dejar de husmear. Su sentido del olfato no sería tan preciso en su forma humana, y estaba dispuesta a advertirle de que le dispararía si se transformaba.

El señor Montaña subió al piso de arriba y le oí abrir armarios y mirar debajo de las camas. Incluso se metió en el ático. Oí el chirrido que suele hacer la puerta cuando se abre.

Bajó a toda prisa, haciendo resonar sus viejas botas sobre el suelo. No estaba contento con su búsqueda, saltaba a la vista. Parecía a punto de estornudar. Mantuve la escopeta firme.

De repente, echó la cabeza hacia atrás y lanzó un rugido. Di un respingo. Fue todo lo que podía hacer para mantenerme en el sitio. Tenía los brazos agotados.

Me taladraba con la mirada desde su gran altura.

—Nos ocultas algo, mujer. Si descubro lo que es, volveré.

—Ya has mirado y no está aquí. Lárgate. Es Nochebuena, por el amor de Dios. Vete a casa a envolver algunos regalos.

Tras echar una última mirada por el salón, salió de la casa. El farol había colado. Bajé la escopeta y volví a depositarla cuidadosamente en el armario. Los brazos ya me temblaban por sostenerla. Eché el pestillo tras él.

Preston estaba en el fondo del pasillo, con los calcetines y nada más, con el rostro ansioso.

—¡Para! —le ordené, antes de que pusiera un pie en el salón. Las cortinas estaban descorridas. Hice la ronda, echando las cortinas de toda la casa, por si las moscas. Me tomé mi tiempo para proyectar mis sentidos y no detecté nada alrededor de la casa. Nunca estuve muy segura del alcance de mi habilidad, pero al menos estaba segura de que los Garras afiladas se habían ido.

Cuando volví, después de correr la última cortina, Preston estaba detrás de mí, y lo siguiente fue que me rodeó con los brazos y empezó a besarme. Conseguí apartar la boca para tomar aire y decir:

—Yo no…

—Imagina que me has encontrado envuelto en papel de regalo debajo del árbol —susurró—. Imagina que tienes muérdago.

No me costó nada imaginar ambas cosas. Varias veces. Durante horas.

Cuando me desperté en la mañana de Navidad, me encontraba todo lo relajada posible. Me llevó un rato darme cuenta de que Preston se había ido; y, a la vez que una punzada, también sentí alivio. A fin de cuentas, no conocía a ese tipo y, a pesar de haber tenido un encuentro tan íntimo, me preguntaba cómo habría sido un día normal con él. Había dejado una nota en la cocina.

«Sookie, eres increíble. Me salvaste la vida y me diste la mejor Nochebuena de mi vida. No quiero meterte en más problemas. Jamás olvidaré lo genial que eres en todos los sentidos». La había firmado.

Me sentí deprimida, pero, por extraño que parezca, también contenta. Era el día de Navidad. Encendí las luces del árbol y me senté en el viejo sofá envuelta en la manta de lana de mi abuela, que aún olía a mi inesperado visitante. Me tomé un buen tazón de café y un poco de bizcocho de plátano para desayunar. Tenía regalos que desenvolver. A eso del mediodía, el teléfono se puso a sonar. Llamaron Sam y Amelia; incluso Jason se tomó un momento para desearme feliz Navidad. Colgó antes de que pudiera echarle en cara que prestase mi terreno a dos manadas de licántropos. Habida cuenta del satisfactorio desenlace, decidí perdonar y olvidar; al menos esa transgresión en concreto. Metí la pechuga de pavo en el horno, preparé una cazuela de boniatos y abrí una lata de salsa de arándanos. También hice un aderezo de pan de maíz con brócoli y queso.

Media hora antes de que el sencillo almuerzo estuviera listo, sonó el timbre. Llevaba unos pantalones nuevos azul pálido y un jersey de terciopelo que Amelia me había regalado. Me sentía endemoniadamente autosuficiente.

Me sorprendió la alegría que me dio ver a mi bisabuelo en la puerta. Se llama Niall Brigant, y es un príncipe de las hadas. Vale, es una larga historia, pero eso es lo que es. Había sabido por primera vez de él pocas semanas antes y no podía decir que nos conociésemos muy bien, pero era mi familia. Mide más de metro ochenta, casi siempre va vestido con un traje negro, camisa blanca y corbata a juego con el traje, y su pelo es amarillo pálido, tan fino como el maíz; más largo que el mío y parece flotar alrededor de su cabeza a la mínima brisa.

Ah, sí, mi bisabuelo tiene más de mil años. O por ahí anda. Supongo que es difícil mantener la cuenta después de tanto tiempo.

Niall me sonrió. Todas las diminutas arrugas que horadan su rostro se removieron con la sonrisa y, de algún modo, sumaron enteros a su encanto general. Iba cargado de cajas envueltas en papel de regalo, para mi asombro.

—Pasa, por favor, bisabuelo —dije—. ¡Cómo me alegro de verte! ¿Te apetece acompañarme en la cena de Navidad?

—Claro —accedió—. Por eso he venido. Aunque —añadió— no me hayas invitado.

—Oh —dije, sintiéndome ridículamente maleducada—. Jamás se me ocurrió que te interesara venir. Quiero decir que, después de todo, no eres... —Dudé; no quería meter la pata.

—No soy cristiano —confirmó amablemente—. No, querida, pero a ti te encanta la Navidad, y pensé que podría compartirla contigo.

—Genial —respondí.

Lo cierto es que había envuelto un regalo para él con la intención de dárselo la próxima vez que lo viese (encontrarse a Niall no era nada habitual), así que pude abundar en una felicidad completa. Me regaló un collar de ópalo y yo unas corbatas nuevas (tanto negro tenía que desaparecer) y una insignia de los Mudbugs de Shreveport, con los colores locales.

Cuando la comida estuvo lista, cenamos y todo nos pareció estupendo.

Fue una Navidad genial.

***

La criatura que Sookie Stackhouse conoció como Preston estaba de pie en medio del bosque. Podía ver a Sookie y a su bisabuelo moviéndose por el salón.

—Ciertamente es tan adorable y dulce como el néctar —le dijo a su compañero, el corpulento licántropo que había registrado su casa—. Apenas tuve que emplear una pizca de magia para atraerla.

—¿Cómo te convenció Niall de que lo hicieses? —preguntó el licántropo. A diferencia de Preston, lo era de verdad. Preston era en realidad un hada con la capacidad de transformarse.

—Oh, una vez me sacó las castañas del fuego —dijo Preston—. Digamos que me metí en un lío con un elfo y un hechicero, no quieras saber más. Niall me explicó que quería hacer que las Navidades de esa humana fuesen muy felices, que no tenía familia y se las merecía.

—Parecía rezumar melancolía cada vez que Sookie pasaba por delante de la ventana—. Niall montó toda la historia conforme a sus necesidades. No se habla con su hermano, así que era creíble la idea de que él «prestara» su bosque. Le encanta ayudar a la gente, así que yo tenía que estar «herido»; le encanta proteger a la gente, así que debía ser «cazado». Hace mucho que no se acuesta con un hombre, así que la seduje —suspiró Preston—. Me encantaría repetirlo. Fue maravilloso, si te gustan los humanos. Pero Niall dijo que una vez y no más, y su palabra es ley.

—¿Por qué crees que se ha tomado tantas molestias por ella?

—Ni idea. ¿Cómo os ha metido a Curt y a ti en esto?

—Oh, trabajamos en uno de sus negocios como mensajeros. Sabe que hacemos un poco de teatro comunitario, cosas así. —La modestia del licántropo no parecía muy convincente—. Así que me tocó la parte de la bestia amenazadora, y a Curt la del acompañante de la bestia.

—Hicisteis un buen trabajo —dijo Preston, satisfecho—. Bueno, me vuelvo a mi propio bosque. Ya nos veremos, Ralph.

—Hasta luego —se despidió Ralph, y Preston desapareció de su vista—. ¿Cómo demonios harán eso? —dijo, y atravesó el bosque hacia su motocicleta y su colega Curt. Tenía el bolsillo lleno de dinero y una historia que mantener en secreto.

Dentro de la vieja casa, Niall Brigant, príncipe de las hadas y afectuoso bisabuelo, tomó nota de la partida de Preston y Ralph con su fino sentido del oído. Sabía que sólo él era consciente de ello. Sonrió a su bisnieta. No entendía la Navidad, pero sabía que era un momento en el que los humanos daban y recibían regalos y en el que las familias se juntaban. Mientras contemplaba la feliz cara de Sookie, sabía que le había regalado un imborrable recuerdo navideño.

—Feliz Navidad, Sookie —dijo, y le dio un beso en la mejilla.

Otros títulos publicados:

Todos tus libros en
www.puntodelectura.com

Made in the USA
Lexington, KY
25 September 2012